인터내셔널의 밤

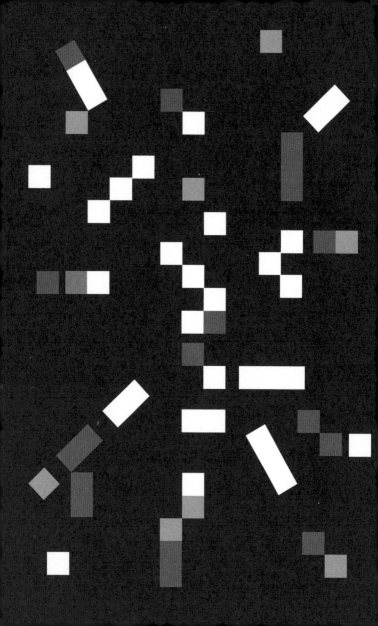

인터내셔널의 밤

박솔뫼 소설

arte

차례

인터내셔널의 밤   7

작가 노트 코모도 호텔   121

기차에서만 만날 수 있는 사람들이 있다. 그 사람들을 옛날이야기를 하는 사람들이라고 부를 것이다. 가끔은 다른 이름으로도 부르겠지만 어쨌거나 그 사람들은 옛날이야기를 수도꼭지 돌리면 물이 나오는 것처럼 하기 때문이다. 그들은 어디에 있다가 기차를 타는 것일까. 어쩌면 그들을 옆자리 직원이나 은행 창구 담당자로 만나면 화가 날지도 모른다. 그들은 책을 읽고, 책 속의 사람들과 친하고, 읽은 책에 대해 이야기를 하고 또 하는 사람들이기 때문이다. 그들 중에는 시키는 일을 깜박해서 혼을 내면 웃어버리고 그게 있잖아요라며 아까 한 말이랑 똑같은 이야기를 한 사람이 이 책 속에 있는데 이 책은 말이지요, 하고 말할 사람들이 많을 것 같다. 혹여 다른 곳에서 그들을 보더라도 우리는 금세 자리를 바꾸거나 바쁜 일이 생긴 것처럼 전화를 받곤 하기 때문에 기차에서만 그들을 만날 수 있는 것일지 모른다.

대전역에는 성심당이 있고 대전역을 나오면 칼국수를 파는 식당이 있다. 길을 걸으면 칼국수를 파는 식당을 만나고 방향을 바꿔 걸어도 칼국숫집이 있고 당신은 생각한다. 칼국수를 파는 식당이 왜 이렇게까지 많지?

광주역을 오가는 사람들은 이제 많이 줄었다. 이러다 역이 사라지는 것이 아닐까. 사람들은 송정역을 주로 이용했는데 광주역이 문을 닫는다고 광주송정역이 광주역이 되지는 않겠지. 된다면 송정역이었던 광주역, 광주역 가주세요 송정역 말고 구 광주역이요. 사라진 곳을 늘 생각해. 앞서서 생각해버린다.

　서울에서 기차를 타고 남쪽으로 남쪽으로 향해
도 당신은 열 시간을 이틀을 사흘을 기차에서 보낼
수는 없다. 사람들은 내리고 당신은 어디론가 가야
한다. 사라진 역, 이름이 합쳐진 장소. 이런 것에 대
해 끊임없이 이야기하는 사람들. 이 역이 있잖아요,
우리는 흔적을 찾을 수는 없지만 저는 뭔가 늘 이상
한 느낌을 받는데…… 하고 말하는 사람들. 기차에
서만 만날 수 있는 사람은 그런 사람들이다. 그 사
람들은 잠시 자신이 어떤 사람인지 잊고 웃으며 대
전역에서 빠져나와 칼국숫집이 이렇게나…… 그렇
게 중얼거리며 우회전을 한다. 옛날이야기를 하는
사람들, 과거를 말하는 사람들, 늘 죽은 사람들과
우정을 쌓는 사람들. 나는 그런 사람을 한 명 알고
있다.

그 사람이 어느 날 부산으로 가는 기차를 탔다. 어느샌가 서울에서 부산은 짧고 쾌적한 여행이 되었다. 깨끗한 좌석과 화장실이 있었고 물을 살 수 있었다.

그 사람은 여행에 관해 그런 이야기를 읽은 적이 있었다. 어떤 사람이 여행에서 집으로 돌아가는데, 교통편으로 비행기와 기차라는 선택지가 있었다. 어느 쪽이 좋을까 고민을 하다 주변에 물어보면 대부분의 사람들은 경제적인 이유로 비행기를 추천해주었다. 비행기로는 서너 시간이면 도착할 거리를 기차는 열몇 시간을 가야 하고 걸리는 시간을 생각하면 가격이 특별히 싸지도 않기 때문이다. 하지만 한 친구의 부인만은 기차를 추천했는데 지난 여행을 복기하기에 비행기는 너무 짧다는 것이었다. 그는 친구 부인의 말을 따랐고 그것이 옳은 선택이었다는 것을 돌아가는 기차 안에서 확실히 깨닫게 되었다.

과거를 말하는 사람은 책을 읽을 수밖에 없나 봐. 책을 읽는 사람은 먼 훗날을 말해도 옛날이야기처럼 시작했다. 기차에 탄 그는 여행에 관한 글을 떠올렸고, 고속열차나 비행기는 여행에 적합하지 않다거나 지난 여행을 곱씹을 수 없다는 그런 의견을 이해할 수 있었다. 그것이 중요하다고도 생각했다. 하지만 점점 빨라지는 것에 맞춰 사람들은 계속 옮겨질 것이다. 그게 중요한 것을 잃게 되는 것이라면 중요한 것을 잃은 사람인 채로 길 위를 지나가고 기차가 멈춘 곳에 도착할 것이다. 혹 자신의 파편이, 그림자가, 유령이 상공 위를 떠돌면 조종사는 외국에서 보는 귀신은 왠지 무섭지 않네, 생각할 것이다. 공항으로 향하는 비행기와 희고 분명한 구름을 따르는 그림자를 생각했다. 공항에 도착해 뜨거운 커피를 마시면 곧 사라지게 될 그림자의 옆모습들. 그런 식으로 뭔가를 잃은 사람으로 길 위에 자신의 중요한 것들을 흘려버린 존재로 살게 될 것이다. 그러면 그 길을 지나는 사람들이 잘 주우면 되지 않을까. 반복해서 같은 곳을 오가다 보면 여러 자신들과 만나게 될

지도 모른다. 아무튼 열차는 빨라지고 사람들은 움직이고 돌파하고 더 빨리 다가가고 그리고 목적지에 도착한다.

서울역에서 부산으로 가는 기차를 탔을 때 그의 옆자리는 비어 있었다. 앞으로도 계속 빈자리일까. 그런 적은 거의 없어서 기대는 없었다. 누군가 타겠지. 계속 빈자리라면 편하게 가겠지만 말이다. 그는 다가올 일들을 생각했다. 한 달 전 그는 친구로부터 초대장을 받았다. 대학 졸업 후 일본에서 근무하고 있는 친구가 보낸 청첩장이었다. 갈 수 없을 것이라고 생각한 그는 친구에게 거절의 연락을 하려다가 말았다. 결정을 미뤄두고 싶었다. 그러다가……
그는 잠시, 그 이후 자신이 한 일을 생각하고 있었는데, 기차가 광명역에 도착하자 사람들은 남은 빈자리를 채워갔고 서 있던 사람들이 다 앉고 난 후 누군가 급하게 와 그의 옆자리에 앉았다. 광명역에서 탄

사람은 앉자마자 왜인지 자리를 바꾸자고 부탁을
했다.

　　— 저, 정말 죄송한데요.

　　— 네.

　　— 창가로 자리 좀 바꿔주실 수 있을까요?

　　정리 안 된 긴 머리를 하나로 묶고 흰색 점퍼를 입
고 있는 그 사람은 이십 대 중반 정도로 보이는 여자
였는데 언뜻 보면 차림은 십 대처럼 보이기도 했다.
말없이 일어나 복도 쪽으로 나갔다. 광명역에서 탄
사람은 고개를 숙이며 여러 번 고맙다고 하더니 창
에 고개를 묻고 부자연스럽게 바깥 풍경을 보았다.

　　청첩장에는 참석이 가능한지 체크하는 용지가 있
었다. 용지에 체크하고 다시 보낼 수 있게 봉투도 있
었다. 그 외 안내지와 약도 등이 여러 장 들어 있는

청첩장 봉투를 그는 여러 번 보았다. 그의 이름은 홍한솔이었는데 한글 이름이라 홍만 한자로 써 있고 한솔은 한글로 써 있었다. 그 옆에는 가타카나로 홍한솔이 써 있었다. 청첩장을 받은 한솔은 그가 친구의 결혼식에 가기 위해 거쳐야 할 과정을 생각하다가 첫 번째 두 번째 과정쯤에서 멈추었다.

결혼식에 가기 위해서는 여권을 갱신해야 했고 그전에 사진을 찍어야 했다. 사진과 주민등록증을 근처 관공서에 가져가야 했다. 주민등록증과 실제 자신을 대조하는 작업을 거쳐야 한다. 몇 번을 거쳐야 할까? 잠시 생각하다가 모든 것을 거치고 일본의 공항에서 그 질문을 마주하는 장면을 생각했다. 마주하는 것? 맞닥뜨리는 것? 그 질문이 찾아오는 것? 혹은 그 질문이 떨어지는 것, 갑자기 휘몰아치는 것?

그도 다른 옛날이야기를 하는 사람들처럼 어릴 때

부터 책을 읽었다. 책을 읽으면 시간이 지금과 상관없이 다른 속도로 흐르는 것이 좋았다. 책을 읽고 이야기를 하고 다른 시간 속에서 친구를 만났다. 책을 읽는다는 것은 때로 곤란한 상황을 견디게 해주었는데 그런 순간들을 위해 그에게는 몇 가지 이야기가 있었다. 몇 가지 이야기가 준비되어 있었다. (그런데 왜 옛날이야기를 해야 할까.) 만약 옆자리에 앉은 사람이 당신의 정체는…… 당신의 신분은…… 혹은 나는……, 그러니까 나는, 나는…… 어떤 상황에 처해 있느냐면요, 라고 이야기를 시작한다면, 추궁을 당하고 변명을 요구받는다면 그런 모든 곤란한 질문에 답하기 위해 옛날이야기들이 필요한 것이다. 광명역에서 올라타 옆자리에 앉은 사람이 갑자기 귓속말로 제 가방에 든 것은 사실 말이지요, 뱀인데요. 창가 자리로 바꿔주자 다시 복도 자리로 바꿔달라 하고 다시 복도 자리로 바꿔주자 다시……. 그런 일이 반복된다면, 변덕이라는 말은 어디서 온 것인지 아세요? 저의 불안은 어디서 비롯된 것인지 생각해볼 수 있어요? 그리고 다시 자리를 창가로, 복도로 그리고 다시……. 그럴 수 있지 않은가. 그러니까 어떤 면에서 모든 사람들에게 이야기는 필요한 것이다. 필요하지 않아도 필요할 것이다. 키가 큰 사람의 이야기. 어느 마을의 마르고 조용한 남자아이가 열다섯 살이 되자 키가 백구십 센티미터가 넘게 된 이야기. 그 아이는 2차 세계대전 때 징집을 당하지만 살아서 돌아온다. 그가 겪은 일들이 어떤 것이었는지 그는 가까운 사람들에게는 말해주지 않다가 동네 어떤 아이에게 지나가듯 말해주었다. 저 제가 그런 걸 읽었는데요. 그 사람 이름은 한스였는데 무척 마르고 키가 큰 사람이었어요. 열몇 살이 되자 이미터가 넘어서 걸을 때마다 휘청거리니 마을 사람들은 그 애가 누군지 다 알았죠. 그래서인지 아니면 원래 그랬는지 무척 조용한 성격이었는데…….

1975년에 대전 시청 앞 미용실에서 불이 나는데 아무도 다치지도 죽지도 않았고 벽만 그을려 검게 변한 일이 있었다. 그 벽은 아무리 닦아도 지워지지 않고 페인트를 칠해도 다시 검어지고 타일을 붙여도 검게 변했다. 왜 그랬을까 어떤 사람들은 벽의 이야기를 들어봐야 한다고 생각할 것이다, 진심으로. 그런 사람들의 이야기까지 외우고 말하려는 것은 아니다. 걸레질을 몇 번 했는지 걸레질을 한 사람은 몇 명이었으며 어느 정도의 시간이 지난 후에 다시 페인트칠을 했는지 정리했다. 미용실 주인 A씨는 딸 B양과 1975년 7월 6일 오전 열 시부터 오후 세 시까지 검게 변한 벽을 닦았습니다. 이후 A씨는 같은 동네에서 도배를 하는 C씨에게 페인트칠을 부탁하게 되는데…….

얼굴을 창에 묻고 있던 사람은 대전을 지나자 얼굴을 의자에 모로 기대고 눈을 감았다. 누구에게도 얼굴을 보이고 싶지 않다는 듯이 부자연스럽게 꺾인 고개가 미술관에 걸린 유화의 한 구도 같았다. 한솔에게 청첩장을 보낸 이는 김영우라는 친구로 김영우와 한솔은 고등학교 친구였다. 둘은 가까운 사이였지만 실제로 영우와 친한 것은 조유이였고 한솔도 조유이와 더 친했지만 대학에 들어간 후 유이는 둘 모두와 연락이 끊겼다. 영우는 이름만 들으면 다들 남자라고 생각했지만 셋은 공학고등학교 여자반에서 만나 친해진 사이였다. 영우는 늘 조용히, 하려는 일을 꾸준히 해나갔다. 대학을 다니며 연극반 활동을 꾸준히 했고 대학 졸업 후에는 연극과가 있는 예술대학교 시험도 두 차례 쳤다. 두 번 다 잘되지 않자 워킹홀리데이 비자를 받아 일본으로 갔다. 영우는 일본에서 아르바이트를 하며 생활하다가 현지 회사에 취업을 해서 살고 있었다. 그리고 보니 영우는 중학교 때까지 대전에서 살았다고 했었다. 생각지도 않던 사실이 열차가 대전을 지나자 갑자기 떠올랐다. 한솔은 다시 대전 시청 앞 미용실과 1975년도의 화재와 실제로 가본 적이 없는 대전, 가보려고 한 적이 없던 대전, 하지만 누군가는 내리고 옮기는, 대전으로 대전에서 하고 말하는 목소리를 들었다. 언젠가 들은 이야기가 메아리처럼 되돌아오고 있었다.

— 무슨 책을 읽으세요?
— 그냥 별건 아닌데요, 보실래요?

가리려는 것처럼 창가 의자에 얼굴을 묻고 있던 사람은 고개를 돌려 한솔에게 무슨 책을 읽느냐고 물었다. 한솔을 바라보던 눈이 흔들리다 바닥을 향해 고개를 숙인다. 한솔은 자기 몸 어느 벽에선가 대전의…… 그 벽은…… 하고 속으로 중얼거리는 목소리를 의식했는데 눈앞에서 질문을 하는 사람이 불안해 보여서 더 그런 것 같았다. 요즘은 옆자리에 누가 앉든 보통은 아무도 말을 걸지 않는다. 옛날엔

말을 걸고 대화를 나누었을까. 지금은 전화 목소리가 너무 크다거나 가방을 치워달라거나 제가 친구와 왔는데 혹시 자리를 바꿔주실 수 있을까요, 그럴 때 말고는 말을 거는 상황을 상상하기 힘들었다. 무슨 책을 읽으세요 어디까지 가세요 오늘 뭐 하세요, 이런 자연스럽지만 실제로 일어나지 않는 대화들. 막상 이야기를 주고받자 별것 아닌 일처럼 여겨졌다. 어색하지도 어렵지도 않았다. 옆에 앉은 사람은 졸린 목소리로 무슨 책을 읽느냐고 묻더니 책 표지를 계속 쳐다보았다.

— 책은 뭔가 오랜만인 것 같아요.
— 책을 오랜만에 봤다고요?
— 바빠서 다른 데 신경 쓸 수가 없었어요.

한솔은 책을 읽다가 영우를 생각하다가 다시 대전을 생각하다가 하는 중이었다. 페이지는 잘 넘어

가지지 않았고 가름끈으로 페이지를 표시해둔 책의
표지를 옆 사람에게 보여주었다.

— 개에 관한 이야기인가요?

— 아니요. 개 이야기는 조금 나오고 책에 대한 이
야기가 많이 나와요.

— 책에 대한 이야기요?

— 네. 책을 좋아하는 사람들 이야기요.

— 저는 부산에 가요.

— 네, 부산 가요 저도. 이게 부산까지 가잖아요.

— 부산 사람이세요?

— 아니요.

— 저도 부산 사람이 아니에요. 부산은 잘 몰라요.

왠지 어색하게 이야기를 꺼낸 옆 사람은 부산을
잘 모른다고 두 번이나 말했다. 저도 부산은 잘 몰
라요. 한솔도 말했다. 사실은 여러 번 와보았지만

상대방의 '부산은 잘 몰라요'라는 말을 듣자 저 역시. 저 역시 부산은 잘 몰라요. 부산은 잘 몰라요, 라고 말하게 되었다.

한솔은 영우가 나오는 연극을 몇 번 봤었다. 대학 연극부 공연을 매번 봤었고 영우는 졸업 후 회사를 다니며 틈틈이 극단 활동도 했었는데 그때도 두어 번 보았다. 생각해보면 그때 영우는 바쁘고 고되었을 것이다. 회사를 다니며 극단에도 발을 걸치고 있었고 가고 싶은 학교의 입학 준비도 했었다. 한솔은 영우가 일본에 간 이후로 연기에 대한 생각을 접은 건지 묻지 않았는데 영우도 그런 이야기는 하지 않았다. 영우는 그러고 보면 이런 생각을 하고 이런 기분이었고 하는 이야기는 별로 하지 않았고 지금 명동에서 일하고 있어. 11월에 시험이 있으니까 끝나고 연락할게. 다다음 달에 일본에 가. 같은 실제로 하고 있는 것을 이야기했다. 한솔도 자신이 하고 있는 것을 이야기해보려고 잠깐 생각했는데 부산으로 간다, 부산에서 삼 일을 묵고 비행기를 타고 간사이공항으로 간다, 간사이공항에서 열차를 갈아타고 고베로 간다, 고베에서 영우가 예약해둔 호텔에 묵는다, 그다음 날 약도를 보고 아니 볼 필요도 없이 바로 옆에 있는 교회에서 진행하는 결혼식에 참석을 한다.

앞으로 할 것들, 하고 있는 것들을 말해보기로 한다. 어떨 때는 옛날이야기들이 몸에 세워진 벽을 치고 흘러나올 것이다. 그럴 때는 '나는 이야기를 한다'라고 말한다. 그렇게 이야기를 하다 보면 홍한솔은 기차를 타고 비행기를 타고 또다시 한국으로 와서 걷고 읽는 사람이 될 것이다.

한솔은 옆자리에 앉은 사람에게 왜 부산에 가느냐고 물었다. 그 사람은 일단, 일단 간다고 했다. 그러다 다른 곳으로 갈 수도 있지만 일단 간다고 했

다. 일단! 일단 가요, 라고 말하며 고개를 끄덕이던
그 사람은 한솔에게도 같은 질문을 했다.

　— 부산엔 왜 가세요?
　— 저는 친구 결혼식이 일본에서 있어서 부산에서
놀다가 일본으로 가려고요.
　— 배 타시는 거예요?
　— 아니요. 비행기 타는데요.
　— 배가 있는 건 아세요?
　— 들어본 것도 같은데 잘은 몰라요.

　옆자리 사람은 무언가를 말할까 망설이다가 잠깐
후회하는 표정을 짓더니 관두었다. 그러다가 핸드
폰을 꺼내 바다 사진을 보여주었다.

　— 여기가 부산 여객 터미널이에요.

그 사람은 항구 사진을 몇 장 넘겨서 보여주었는데 항구와 커다란 여객선 사진은 보는 것만으로 시야가 시원해지는 것 같았다. 그 사람은 처음에는 무척 불안해 보이는 얼굴이라고 느껴졌는데 이야기를 나누자 상대방이 어떻게 생각하는지 가늠을 잘 못하는 사람이라는 생각이 들었다. 무척 사소하고 미세하게 조정되는 사회적 대화들과 조금 맞지 않는 느낌이었다. 하지만 한솔도 옛날이야기를 어느샌가 늘어놓는 사람 그러니까 부산에는 말이죠, 하며 지난 이야기를 해버리는 사람이었다. 그리고 둘은 기차 안에 있었다. 여객선 사진 다음은 여자애 둘과 남자애 하나가 나란히 앉아 웃고 있는 사진이었다. 웃고 있는 아이들 사진, 귀엽네요. 한솔이 말을 건네자 바로 귀엽죠 라는 재빠른 답이 돌아왔다. 옆자리 사람은 핸드폰 화면 속 아이들을 바라보다가 교회 동생들이라고 말했다. 이제 못 봐요. 여자는 한솔을 보지도 않고 혼잣말하듯이 덧붙였다. 한솔은 이제 못

25

보게 된 아이들은 영영 못 보게 될 아이들처럼 여겨졌다. 아이는 사람의 인생에서 너무 짧은 시기여서 못 보게 된 아이들은 영영 만날 수 없을 가능성이 높았다. 우리는 어른이 되고 뭔가 빼먹은 얼굴이 돼서 만난다. 그건 못 보는 것과 같지 않을까. 그게 아니라면 전혀 새로운 사람과 만나는 것이 아닐까. 새로운 사람으로 다음 장면 같은 장소에서 만나는 것이겠지.

— 커서 만나면 되죠.

— 크면 달라지잖아요.

— 기억을 다 할까요?

— 저는 어릴 때를 잘 몰라요. 그리고 저는 지금 보고 싶어요. 지금 어떻게 크는지 보고 싶어요.

한솔은 왠지 다시는 못 보게 된 아이들이 어디선가 다 함께 자라고 있을 것 같았다. 이름이 뭐예요?

애는 민우, 애네는 유진이 지수. 민우의 얼굴을 한 서로 다른 아이들, 민우의 이름을 단 서로 다른 아이들, 유진이라는 이름의 완전히 다른 얼굴의 아이들과 지수와 비슷한 애는 그보다 수가 적었다. 그런 아이들이 각각 다른 동네와 유치원에 있다가 모두 잠들 때 다른 어느 곳에 다 함께 모여서 한 살 두 살 세 살 먹은 후 각자 흩어져 청소년을 준비하는 얼굴로 학교에 간다. 사회적 사람이, 인구의 일부가 될 준비를 아주 조금 해내고 학교에 간다. 학교에서는 이전의 시간을 아주 희미하게만 기억하는 각자가 나란히 앉아 뭔가를 참는 것을 배우게 된다.

한솔에게도 더는 만날 수 없는 아이들이 있었다. 그 아이들은 좀 더 제각각이고 더 이상 같은 얼굴이 없는 아이들처럼 여겨졌다. 하지만 그 아이들도 어딘가에 비슷한 아이들이 많을 것이다. 어딘가 다른 세상에서는 그런 아이들이 모여 다 같이 살고 있을

2 7

것이다. 민우는 밤에 그 마을의 민우들과 놀 것이고 그 마을에는 민우가 처음 본 알지 못하는 사람들이 엄마 아빠가 되고 선생님이 되어 있을 것이다. 혹은 그곳은 부모와 선생의 개념이 있고 지금 살고 있는 곳과 비슷한 곳일 것도 같았다. 그 사실을 다들 알고는 있지만 왜인지 등장하지는 않는 곳일 것도 같았다. 못 보게 된 아이들은 스쳐 지나간 어른들을 기억할까. 예전에 영우가 그런 이야기를 한 적이 있었다. 다섯 살 때 옆집에 살았던 대학생 언니를 미용실에서 만났는데 자기는 원장님이 그 언니라고 생각하는데 왜지 상대방은 기억을 못 할 것 같아 말을 할까 말까 고민하다가 나갈 때 말을 했는데 원장님은 자기는 그 동네 산 적이 없다고 했다는 것이다. 하지만 분명히 그 사람이었어. 보통은 아 너였구나 인사를 하고 어색한 안부를 묻겠지만, 가끔은 그런 일들이 생기지 않을까. 앎의 고리들이 끊기는 일들. 서로 알고 있는 기억들이 부분부분 끊겨서 누군가는 분명하게 그 사람을 기억하고 그 사람은 그 기억만 청소하듯 버려버린다. 한솔은 더 이상 만날 수 없는 아이들을 고등학생 대학생이 돼서 만나면 왠지 조금 무서울 것 같아 약간 슬퍼졌다. 뭐가 무서운 거야? 그 아이들은 다른 사람이 되고 여러 기억의 고리들이 사라지고 아주 모르는 사람으로 커다랗게 변해서 내 앞에 서 있게 될 테니까. 하지만 그때는 나도 다른 사람이, 뭔가 더 나이가 든 사람이 되어 있겠지. 그럼 뭐가 해결되는 건가 생각하다가 말았다.

한솔의 옆자리에 앉은 사람은 부산에 가면 뭘 오래 기다려야 할지도 모른다며 재미있는 책을 알려달라고 했다. 뭐 순서를 기다리고 만날 사람을 기다리고 그런 거요. 어떤 책을 읽으면 좋을까요 하고 물었다. 한솔은 일어나서 짐칸에 올려둔 가방을 가져와 그 안에서 탐정이 나오는 책을 한 권 꺼내 건넸다. 어차피 무거워서 한 권 정도는 놓고 오려고 했어요. 선물이에요. 그 사람은 한솔의 표정을 살피다 고맙다는 인사와 함께 받았다. 가방에서 귤을 꺼내서 주었다. 저는 이 년 넘게 책을 못 읽었어요. 그전에는 많이는 아니어도 틈틈이 읽었는데 거의 삼 년 가까이 왜인지 읽을 수가 없었네요. 이거 잘 못 읽을지도 몰라요. 그래도 계속 연습해서 읽어볼게요. 그 사람은 책을 펼쳐서 작가 약력을 읽기 시작하더니 한참 동안 여러 번 읽어 내려갔다. 고베는 어떤 곳일까. 한솔은 한신 대지진을 생각했다. 어릴 때 뉴스에서 오랫동안 크게 보도한 기억이 났다. 오사카와 교토는 가본 적이 있었지만 고베는 처음이었다. 영우는 오사카에서 일을 하다가 지금 직장인 고베로 옮기게 되었다. 영우가 오사카에 살 때 한 번 가서 만난 적이 있었다. 그때 영우는 다른 유학생과 함께 살고 있어서 하루만 영우가 사는 곳에서 잤고 이틀은 미리 예약한 호텔에서 묵었다. 일이 끝난 영우가 호텔로, 백화점 지하에서 세일을 하는 먹을 것들을 사 와서 먹었던 기억이 났다. 이번에 부산에 예약한 호텔은 역 근처 비즈니스 호텔이었는데 많이 걷고 돌아와 잠을 자고 돌아오는 길에 사 온 빵을 먹고, 조식은 먹지 않고 전날 밤에 사 온 빵을 먹고 옆에 앉은 사람이 말한 여객 터미널에 가볼 수도 있을 것이다.

경주역은 지나지 않고 신경주역만을 지났다. 경주역은 있는데 지나지 않는 것일까, 아니면 경주역은 없어지고 신경주역이 그 자리에 새로 생긴 걸까. 아니면 경주역이 없어지고 다른 자리에 신경주역이 생긴 것일까. 한솔은 짧은 시간 동안 그런 생각을 하다가 영우와 마지막으로 만났을 때를 떠올려보았다. 영우는 지금 회사에 들어가기 전 한 달 정도 한국에 들어와 쉬었는데 그때 한솔을 자주 만났다. 한솔도 그즈음 일을 그만두었고 달리 할 일이 없어 영우를 자주 만났다. 일을 그만둔 것은 수술을 앞두고 있었기 때문이었다. 한솔은 학원에서 이 년간 영어를 가르쳤고 주말에 논술 과외도 했다. 그간 했던 일 중에 가장 오래 한 일이었다. 무척 힘들어서 언제 그만둬도 이상하지 않았는데 어떻게 하다 보니 한 달 더한 달 더 하고 있었다. 그만두기 삼 개월 전부터 사장의 후배가 새로운 영어 강사로 들어왔는데 이 사람 어떻게 수업을 한다는 거지? 그런 생각이 들었지만 별말은 하지 않고 마지막 날까지 일을 하고 끝냈다. 가르치던 학생들한테서 언제 다시 오냐는 연락이 종종 왔다. 핸드폰을 해지시키고 그즈음에는 영우 번호와 어머니 번호 그리고 꼭 필요한 번호 서너 개만 외우고 다녔다. 한솔은 수술을 받는다고 영우에게 말했을 때를 떠올렸다. 그때 영우는 놀라지는 않았고 뭐 도와줄 것은 없느냐고 했다. 한솔은 아무것도 없다고 말했다가 곧 취소하고 수술을 마치면 집까지 같이 택시를 타고 가달라고 했다. 막상 그날이 되자 영우는 차를 렌트해 와서 병원 주차장에서 한솔을 기다리고 있었다.

— 운전할 줄 알았네?

영우는 긴장한 표정으로 대답도 없이 한솔의 얼굴을 살피고 운전석에 앉았다. 운전해본 적이 열 번도 안 된다고 긴장되니까 일단 말하지 말고 가자고 했다. 백미러로 보이는 영우의 정수리 부분 머리숱이 왜인지 적어 보여서 걱정되었던 기억이 났다. 기분 탓이었나 아니면 스트레스를 받는 일이 있었을까 잔뜩 긴장한 표정의 영우가 핸들을 움직일 때 작은 진주 귀걸이가 보였다 사라졌다. 그 장면도 어디서 많이 본 것 같다고 이제야 생각했다. 백미러에 비친 젊은 여자의 귀와 목. 입술은 보이거나 보이지 않거나 했고 눈은 장면 밖에 있었다. 영우는 한솔을 집까지 데려다준 후 여전히 긴장한 표정으로 조심히 올라가라고 말했다. 힘이 들어간 어깨가 뒷좌석 유리로 보이다 점점 멀어져갔다.

수술에 대한 기억을 떠올리면 그 장면이 떠올랐다. 화보 같은 구도. 왼쪽으로 고개를 십오 도쯤 돌리고 있는 영우의 옆얼굴과 귀걸이. 눈은 그 장면 밖에 있고 입술이 보였다 보이지 않았다가 했다. 그때 받은 수술은 가슴을 제거하는 수술이었는데 그 이후 한솔에게 남은 선택지는 자궁을 제거하는 수술을 하거나 하지 않는 것이었다. 그게 선택지일까 그는 가끔 생각한다. 그것은 선택지일까 아닐까 선택지가 아니면 의무일까 그것도 아니고 거부할 수 없는 조건 같은 것일까 생각해보면 그것도 아니다. 한다면, 혹은 하지 않는다면. 어쨌거나 한솔은 그 이후 다른 수술은 하지 않았고 삼 주에 한 번씩 호르몬을 맞으러 병원에 갔다. 영우는 백미러 너머의 한솔을 어떤 장면으로 기억하고 있을까 잠깐 생각했다. 유리 속 작고 먼 얼굴로 기억할까. 운전 때문인지 뭐라고 대화를 진행해야 할지 알 수 없는 상황 때

문인지 잔뜩 긴장해서 심지어 조금 화나 보이기까지 하던 영우의 모습. 차를 한솔의 집 앞에 세웠을 때에야 왼쪽으로 약간 돌리고 있던 고개를 뒤로 돌려 한솔의 얼굴을 마주했다. 또다시 흘러나오는 이야기. 이렇게 두 사람의 시선으로 선이 그어지고 이 선을 영화에서는 무어라 할까요. 한솔은 그 선에 관한 설명을 책에서도 읽고 영화에서도 보았지만 늘 제대로 이해할 수 없었다. 마주한 시간은 짧고 둘은 각기 어긋나게 시선을 교차하고 영우는 고개를 천천히 돌리고 한솔은 차문을 열고 나간다.

종착역인 부산역을 알리는 방송이 들리고 한솔은 이 사람과 인사를 해야 할까, 이름을 물어봐야 할까 잠시 고민이 되었다. 선물로 건넨 소설에선 당연히 자신을 감추려는 사람이 나타나고 탐정은 처음에는 깜빡 속아버린다. 의뢰인은 자신의 친구 이름을 대는데 한솔은 자신의 이름을 감출 생각은 없지만 영우에 관한 생각을 하다 보니 왠지 누가 이름을 물으면 김영우요 라고 말하게 될 것 같았다. 영우는 일본에서 어떤 발음으로 자신의 이름을 말할까. 상대방이 알아들을 수 있게 성만 김입니다, 말하거나 아니면 아주 천천히 또박또박 김영우입니다, 말할 것이다. 그런 생각을 하다 보니 어딘가 어색한 표정으로 주위를 살피는 옆자리 이 사람에게 이름을 묻고 어떤 이름인가를 대답으로 들어도 왠지 본명이 아닐 것 같다는 생각이 들었다. 그래도 숨을 수는 없었다. 저는 정미나입니다 사실 최유리이지만. 저는 김소현입니다 사실 유민지이지만. 그렇게 말해도 숨을 수는 없었다. 이름을 감추고 여러 가지를 속여도 주민등록은 지나치게 촘촘했다. 모두 때가 되면 관공서로 가 지문을 등록하고 피할 수 없는 국민의 망 속으로 들어갑니다. 어떤 식으로 자신을 속일 수 있을까요? 누구는 사기를 치고 해외로 도피하고 여권을 위조하고 얼굴을 바꾸고 그렇게 살아가기도 한다

고. 그렇지만 그렇다는 것은 밝혀져버렸다는 것이
잖아요? 어떻게 주민등록에서 도망칠 수 있을까, 어
떻게 모르는 사람으로 사라질 수 있을까, 그런 생각
은 매일 밤 잠자리에서, 물론 매일 밤은 아니지만 자
주 반복되는 생각이었다. 사라질 생각은 없지만, 큰
잘못을 아직 저지르지 않았지만 어떻게 한국에서
사라질 수 있을까 어떻게 숨을 수 있을까 혹은 한국
을 빠져나가 외국에서 다른 사람으로 살아갈 수 있
을까. 김영우요. 속으로 한번 말해보자 왠지 한순간
그것이 자기 이름처럼 느껴졌고 영우는 뭔가 좋은
이름을 가졌네 무척 좋은 이름 같아, 한솔은 생각했
다. 여전히 사라질 방법은 알 수 없었지만 말이다.

옆자리의 사람과 영우는, 아니 한솔은 나란히 내
려 에스컬레이터에 올랐다. 말없이 모르는 사람들
처럼 위로 위로 올라갔다. 각자의 방향으로 갈라질
때 옆자리 사람은 한솔을 향해 고개를 돌려 책 정말

고맙다고 말했다. 어디로 가세요? 저는 이 근처에서
묵는데. 저도요. 그 사람은 뭔가 할 말이 있는 것처
럼 고민하다가 몸을 돌려 앞으로 갔는데 한솔은 저
도 그 방향이라서요 라고 속으로 말하며 앞으로 걸
었다. 한솔은 다시 옛날이야기가 떠올랐는데 수많
은 이야기들. 거기선 길에서 사람들을 만나고 모두
가 자신의 이야기를 했다. 길에서 열차에서 식당에
서 술집에서 당신은 이곳 사람이오? 아니오. 나는
동부에서 왔소. 이런 식으로 시작하는 모든 이야기
들. 열차에서 실제로 대화를 주고받는 사람들은 본
적도 없다고 생각했지만 세상의 이야기들 속에서는
흘러넘쳤다. 한솔은 예약한 비즈니스 호텔 앞에서
저는 여기서 묵어요. 잘 가세요 인사를 했다.

　— 계속 거기서 묵어요?

　— 네.

　— 이름이 뭐예요? 저는 이름 못 말해요. 지금은

잘 말 못하겠어요. 근데 이름 알려주세요.

　한솔은 선물로 준 책을 다시 가져가 거기에 이름을 썼다. 둘은 손을 흔들며 헤어졌다. 탐정소설에서 저는 이름을 말할 수 없어요 라고 하면 탐정은 의뢰인이 들어온 문을 가리킨다. 말하지 않으면 도와드릴 수 없소. 한솔은 이름을 말할 수 없는 사람 정체를 밝힐 수 없는 사람, 속으로 중얼거리며 호텔로 향했다.

　일본에 입국할 때도 지문을 등록해야 했다. 무언가 큰 잘못을 저질러 일본으로 도피하게 된다면 한국 경찰은 일본 출입국 관리소에 지문을 넘기고 일본에서는 이자는 간사이공항을 통해 입국했음이라고 전달하고 그 이후에는 어떻게 되는 걸까? 일본 내 여권을 위조하는 자들을 검문하고 이 사람 봤어? 돈 받고 이 사람 도와줬지? 이런 식으로 진행되느 것일까. 아니면 영우에게 경찰이 들이닥쳐 이 사람 숨기고 있지 얼른 말해 이런 식일까? 한솔은 또다시 숨는 방법 도망가는 방법에 대해 생각했다. 아직 체크인 시간이 되지 않아 짐을 맡기고 무얼 할까 생각하다가 민주공원으로 향했다.

부산역 인근이라고 해야 할까. 부산의 구 도심에서 고개를 돌리면 보이는 신기한 건축물이 세 개 있다. 누가 알려준 것도 아니었고, 혼자서 이렇게 세 개가 보이는군 마음속으로 중구의 삼 대 건축물, 같은 식으로 지정해둔 채 가끔 부산 사람을 만나면 부산역 근처에 그런 게 있죠? 모르는 척 물었다. 한솔은 흘러나오는 머릿속 지난 이야기들을 떠올렸다. 하나는 부산타워였고 하나는 코모도 호텔 마지막 하나가 민주공원의 탑이었다. 부산타워를 뺀 나머지 두개는 다 좀 신기한 모양이었다. 코모도 호텔은 중국의 절 같은 형상의 호텔인데 듣기로는 거북선을 모티

프로 했다고. 아무튼 뭐라 설명하기 힘든 외양의 호텔이었는데 높은 지대에 있어서 길을 걷다 보면 건물들 사이에서 여러 층 올려진 화려한 기와가 보이다 사라졌다 했다. 민주공원의 탑은 생각해보면 신기한 모양은 아닐 수 있다. 다만 먼 곳에 뭔가 보여서 대체 저게 뭘까 저 탑은 뭘까. 저 탑을 설명하려면 있잖아 그 높은 곳에서 보이는 이상한 탑 같은 식으로 말을 시작해야 하기 때문에 이상하다고 생각해버리는 것이 아닐까. 부산타워는 뭐 타워처럼 생겼다. 가늘고 높고 윗부분은 비교적 뾰족하다.

부산역에서 영주동으로 향하는 길에는 텍사스 스트리트가 있었다. 차이나타운이라고 불리는 곳인데 실제로는 중국음식점보다 러시아어로 된 간판들이 더 많았다. 한솔은 차이나타운으로 들어가지 않고 큰길을 따라 걸었다. 은행과 여행사와 해운회사 건물들이 크게 크게 서 있었다. 어느 건물 일 층에는 러시아 인권센터라는 간판도 보였다. 저 사람은 인권변호사일까 아니면 시민단체 대표일까 한국 중년 남자가 어떤 증서를 들고 웃고 있는 사진이 유리창에 붙어 있었다. 러시아 인권센터 앞을 러시아 사람들이 지나갔다. 러시아 사람들은 러시아어를 했다. 그게 아니라면 알아차릴 수 없었을 것이다. 한솔은 부산터널이라는 표지판을 따라 걸었다. 부산터널이라는 말은 해저터널을 상상하게 하지만 그렇지는 않았다. 가파른 경사를 따라 걷다 보면 기사식당들이 이어졌고 왜 이 길에는 기사식당이 많을까 걸어서 이런 길을 오르는 사람은 적기 때문이겠지 무척 당연한 이유라는 생각을 하며 계속 걸었다. 기사식당 앞을 또 한 명의 러시아인이 지나가고 이 사람은 러시아어로 통화를 했다. 계단을 오르고 아파트들을 지나고 타일이 박힌 오래된 주택들을 지나 공원에 도착했다. 공원에는 할아버지들이 모여 있었다. 그중 한 명은 오토바이 옆에 서서 허리에는 라디오를 차고 손에는 개의 목줄을 들고 있었다. 개는 배 부분 털

이 깎여 있는 시베리아허스키였다. 공원 어디를 가도 할아버지들이 모여 있었고 한솔은 벤치에 앉아 나무들에 가려 잘 보이지 않는 부산항을 생각했다. 부산항에는 'HANJIN'이라고 써 있는 커다란 컨테이너 박스가 있을 것이다. 그 옆 어딘가에는 열차 옆자리에 앉았던 사람이 알려준 여객 터미널이 있겠지. 한솔은 모여 앉아 있는 할아버지들의 뒤통수를 보다가 민주공원의 탑을 핸드폰 카메라로 찍었다. 이건 탑이네, 이상한 모양이었다.

한솔은 올라왔던 길이 아니라 코모도 호텔과 병원을 지나는 길로 내려왔다. 코모도 호텔 앞에는 코모도 식당이 있었다. 간판은 일본어였다. 바와 편의점과 분식집을 지났다. 내리막길은 편하네요. 세 시가 지나 있었고 한솔은 허기가 져서 빵과 우유를 사서 호텔로 향했다. 맡긴 짐을 찾고 프런트로 가 열쇠를 받아 방으로 올라갔다. 짐을 내려놓고 침대에 누웠을 때 다시 또 숨는 방법에 대해 생각했다. 왠지 도망친 사람이 체크인을 하고 침대에 누운 것이 아닐까. 도망친 사실을 잊고 싶어서 다른 생각을 하려고 노력하는 것이 아닐까.

그는 탐정소설 속 많은 탐정들을 생각했다. 그들은 전화번호부로 사람을 찾고 직접 문을 두드리고 동네 바로 가서 위스키를 마시며 출입문을 감시했다. 그는 그런 방식으로 찾거나 못 찾는 것이 좋았다. 그런 방식에 납득할 수 있었다.

왜 옆자리에 앉은 사람에게 말을 걸었을까. 나미는 생각했다. 말을 거는 순간 잘못이라고 생각했는데 계속 말을 걸게 되었다. 마음이 불안했기 때문이다. 자신도 잘 알고 있었다. 교단에서 도망친 이후 병원에서 일하는 이모네 집에서 한 달간 숨어 살았다. 숨어 살았다고 해야 할까. 밖으로 거의 나오지 않았으니 숨어 살았다고 할 수 있겠지. 이모는 오십 대 중반으로 결혼은 하지 않았고 외가와는 거의 교류를 하지 않았다. 나미는 도무지 도망칠 곳이 없어서 생각을 하다 하다 이모를 떠올렸고 병원으로 무작정 찾아가 기다렸다. 물론 만나기는 쉽지 않았다. 누군가 자신을 찾고 있을 거라는, 찾아내고야 말 것이라는 생각에 늘 머리가 곤두서 있었다. 나미는 간호사에게 병원 앞 카페에서 기다릴 것이라고 괜찮다면 들러달라는 말을 부탁하고 기다렸다. 조심성이 많은 이모는 매장에 혼자 앉아 있는 젊은 여자가 있느냐고 전화를 걸어 확인한 후 나미를 만나러 왔다. 이모는 나미와는 다른 문제로 외가와 왕래를 안 하게 되었는데 아주 연을 끊은 것은 아니고 가끔만 연락한다고 했다. 그날 이후 나미는 이모네 집에서 생활하게 되었다.

가끔은 그런 생각을 했다. 교단은 사이비는 아닌데 아니 사실 사이비가 맞을 것인데 그곳에서 도망치기 위해 발버둥을 쳤지만 오랫동안 종교로 삼고 있던 곳이라 사이비라는 말은 잘 나오지 않았다. 아무튼 마음속으로는 좋지 않은 곳이라고 불렀다. 혼잣말로라도 사이비라는 말은 나오지 않았다. 어쩌면 그곳은 생각보다 영향력이 있지 않아서 부산까지 나를 잡으러 오지 않을지도 몰라. 어차피 많은 사람들이 있으니 나 정도는 잊어줄지도 몰라 그런 생각이 들 때도 있었다. 하지만 사람이 많은 곳에 가면 주위를 살피게 되었고 늘 가방에는 마스크를 가지고 다녔다. 집에서는 서울역이 가깝지만 왠지 그 사람들이 서울역으로 나를 잡으러 오는 것이 아닐까, 나미는 그런 생각이 들어 광명역에서 부산으로 가는 열차를 탔다. 부산으로 가면 이모가 소개해준 곳에 가서 일을 하며 다시 학교를 다닐 준비를 할 것이다. 대학이 아니더라도 뭔가를 배울 것이다. 간신히 그런 마음을 먹는 데까지 이르렀다. 무척 느리게 한 걸음 한 걸음을 옮길 수 있었던 것이다.

그런 생각을 하다 보면 교회의 아이들이 떠올랐

다. 그 아이들은 다 같이 율동을 하고 찬양을 하며 자랐다. 어쩌면 어떤 연유에 의해…… 우연에 의해 예를 들어 갑자기 부모가 친척의 초청으로 이민을 가게 되지는 않을까. 그런데 외국에 나가 교단을 알리겠다고 선교를 하겠다고 하면 교단에서도 순순히 보내주지 않을까. 부모는 정말 그럴 생각이었고 외국으로 나가서도 연락을 주고받지만 교단에서는 외국에 나간 사람에게까지 연락을 할 여유가 없어 서서히 관심을 거두게 되어 연락이 끊긴다. 한편 외국에 나가 일을 하며 무언가 잘못되었다는 것을 깨달은 부모는 다시는 교회에 나가지 않고 아이들은 어릴 때 어딘가에서 함께 찬양하고 성경을 외던 기억들을 희미하게 냄새 정도로만 기억하게 될 것이다. 그게 아니라면, 그게 아니라면. 어른이라는 것은 무척 좋았다. 아이들을 정말 좋아했지만 그게 아니라면, 그게 아니라면 어떤 길이 있을 수 있을까. 나미는 생각해보았다. 생각하고 또 생각해보았지만 아

47

이들이 어떻게 도망칠 수 있을지 방법은 없었다. 외국에 가는 것 말고 다른 방법을 더 생각해내야 했다. 아이들이 도망칠 여러 가지 방법.

　당분간은 이모의 친구 집에서 묵기로 하고 적당한 방을 구하면 나오기로 했다. 이모는 방을 구할 때 부산으로 내려와 도와주겠다고 했다. 달리 찾아갈 사람이 없어서 동아줄을 붙잡는 기분으로 이모에게 찾아간 것이었는데 이모는 아무런 내색도 않고 나미를 도와주었다. 마치 이것으로 외가에 할 일을 다 했다는 생각을 하는 것일지도 몰랐다. 나미는 어떻게든 도망에 성공해서 부산에서 살아가야겠다고 생각했다. 부산에서도 불안을 느낀다면 그렇다면 어디로 가야 할까 어디로 가면 좋을까 그런 생각을 하기는 했다. 좀 더 진지하게 해보려고도 했다. 대부분은 지나치게 긴장된 상태라 생각이라는 것이 빠르게 스쳐 지나가기만 했다. 오래 무언가를 집중해서 하기는 어려웠다. 그래서 이모도 당분간은 일하지 말고 다음 달부터 일하면 된다고 했다. 나 자신에 대한 생각들, 나미는 자신에 대한 생각을 하는 것이 가장 어려웠다. 그것에 집중을 할 수가 없었다. 이제는 볼 수 없는 아이들. 이미 성장의 시기를 지나 변한 표정과 얼굴로 나미를 기억하지 못하거나 기억하더라도 미워할 것 같았다. 나미는 아이들에 대한 생각에는 집중할 수 있었지만 곧 괴로워져 관두었다. 아이들은 벌써 멀리 어딘가로 가버린 것처럼 여겨졌다. 가버린 것은 나미였지만.

이모가 알려준 아파트 앞에 가서 전화를 걸자 이모 친구가 주소를 다시 한번 말해주었다. 이모 친구는 근처에서 가게를 하고 있다고 들었다. 아주 어렸을 때 이모와 함께 만난 적이 있다고 들었으니까 아마 나미는 기억을 못해도 이모의 친구는 나미를 기억할지도 모른다. 그것이 왠지 아주 조금 마음을 편하게 했다. 이모의 친구는 안 쓰던 방이라며 방을 보여주었다. 쓰기 싫으면 거실에서 자도 돼. 어차피 나는 밤 되어야 들어오니까. 그러고는 냉장고에 뭐가 있는지 알려주었고 리모컨을 몇 개 보여주었다. 와이파이 비밀번호를 알려주고 근처 돌아다녀보면 대충 뭐 있는지 알 거라고 말하고 현관 비밀번호를 알려주었다. 나는 이제 나가봐야 해. 근데 너는 옛날 얼굴이 별로 안 남아 있네, 문이 닫혔다.

나미는 방에 들어가 가방을 풀었다. 가방 맨 위에는 한솔이 준 책이 있었다. 왜 책에 이름을 써준 거지? 생각하다가 다시 작가 약력을 읽어보았다. 이모 집에서 떠날 때 이모가 급할 때 쓰라고 백만 원, 또 부산에서 여행이라도 하라고 백만 원을 주었다. 어디를 가볼까 나미는 누워서 잠시 생각했다. 정말 배를 타고 오사카에 가볼까, 어딘가로 가볼까. 그런데 나는 지금 어디에 왔다. 있던 곳을 떠나 어딘가로 왔다. 나미는 그래서 지금 네가 어디야? 어디 있는 거야? 다른 누구도 아닌 자기 자신의 추궁하는 목소리가 들려 어깨에 힘이 들어갔다. 어디지? 낡은 옷의 냄새가 나는 이 방은? 모과 냄새가 나던 거실은? 나미의 머리 위로 모피 코트가 세 벌 걸려 있었다. 마치 너는 그곳으로 갔지만 너의 다른 이들은 다른 나미들은 교단에 붙잡힌 채로 이전처럼 살아가고 있다고 말하고 싶은 것 같았다 그 목소리는. 그 목소리에 나미는 이길 수 없는 기분, 당연히 질 수밖에 없는 기분이 되었고 스위치를 내리듯 금세 잠이 들 것 같았다. 지금은 이곳에 아무도 없다는 생각이 잠들기 직전에야 들었고 가방을 껴안은 채 잠이 들었고 붙잡힌 자신들을 생각했고 여기가 어딘지 모르겠는 나는 그렇다면 계속 모르도록 어딘가로, 다시 어딘가로 옮겨봐야 할지도 모른다고 잠시 생각했다.

민주공원으로 가는 길이 힘들었나 보다. 한솔은 호텔에 짐을 풀고 옷도 갈아입지 않은 채로 빵과 우유를 먹고 나자 잠이 들어버렸다. 벗어둔 겉옷은 하나씩 침대 아래에 떨어져 있었다. 몸이 어떻게 빠져나왔는지가 보이는 바지와 티셔츠. 한솔은 꿈에서 여러 개의 관문을 보았다. 책에서만 보던 동독의 검문소 같다고 할까. 한솔은 그곳을 여러 번 통과해야 했고 다른 사람들과 함께 준비한 서류를 들고 줄을 섰다. 서류는 가운데가 접힌 갱지였고 내용은 타자기로 입력되어 있었다. 그 위에 만년필로 덧붙인 설명이 있었고 모든 글자는 독일어처럼 보였다.

함께 차례를 기다리던 다른 이들은 빠르게 창구를 통과하여 다들 어디론가 사라졌다. 창구에 앉아 있는 딱딱한 제복의 외국인 남자가 한솔의 번호를 불렀다. 그 사람은 외국어로 말했고 한솔은 한국어로 대답했지만 서로의 의사소통에는 아무 문제가 없었다.

창구1: 6이 없네요. 6을 그리세요.

한솔: 네?

창구1: 경찰인가요?

한솔: 아니오.

창구1: 6을 그리세요.

한솔: (서류를 내민다.)

창구1: (서류를 보지도 않고 다시 내밀며) 6을 그리세요.

한솔: (바닥을 보고 서 있는다.)

창구1: 6을 그리세요.

한솔은 아무것도 못하고 어쩔 줄을 몰랐다. 둘 사이의 의사소통은 무리가 없었으나 '6'이라는 숫자는 듣자마자 도무지 의미를 알 수 없는 외국어로 다가왔고 간신히 6을 알아들었을 때에는 왜 6을 그리라고 하는지 알 수 없었고 거기까지 생각이 미치지도 않았고 아무것도 할 수가 없었다. 창구1은 한솔을 다음 창구로 보냈다.

창구2: (서류를 훑어보고 도장을 찍어 다음 창구로 보낸다.)

창구3: 3을 말해보세요.

한솔: 3.

창구3: (서류에 사인을 하고 다음 창구로 보낸다.)

창구4: (서류를 꼼꼼히 살핀다.) 여기에 어떻게 오신 거죠? 서류 형식이 다르네요. 당신은 경찰이 아닙니까?

한솔: 아니에요. 목수로 일했습니다.

창구4: 경찰이 아니면 이 창구로 올 수가 없습니다. (창구1의 직원에게 가서 서류를 지적한다.) 당신은 보편시민이라고 말할 수 없습니다. 되돌아가세요.

창구1: 6을 그리세요. 당신은 보편시민이 아닙니다. 일반시민이 아니네요. 당신은 배제라는 말을 배웠습니까? 배제라는 말을 기억하세요.

한솔은 그제야 6을 그릴 수 있었다. 아주 정확한 곳에 6을 그릴 수 있었다. 한솔은 언제부터 보편시민에서 박탈당한 것인지 27번 창구의 직원에게까지 설명했다. 창구를 오가며 스물일곱 명의 직원에게 서른네 번 정도 설명했다. 한솔의 인생에서 무언가 사건이 있었고 그 이후, 이전의 삶을 회복할 수 없었던 것이다. 어떻게 보편시민에서 박탈당했는지 또한 배제라는 말을 어떻게 알고 있는지 반복해서 설명했다. 그러고 나서야 서류에 필요한 도장을 받을 수 있었다. 한솔은 그 서류로 보편시민 등록을 마치고 이제 프라하에 집을 구할 수 있게 되었다. 한솔은 프라하로 가기를 원했던 것이다. 그는 그곳에 가기 위해 검문소를 거쳤다고 꿈의 목소리가 다큐멘터리의 내레이션처럼 깔렸다. 꿈의 도입부에서는 알 수 없었지만 눈을 뜰 때쯤 아, 나는 프라하에 집을 구하기 위해 곤란한 순간들을 넘긴 것이구나 알아차렸다.

동구권의 꿈 동구권의 꿈 일정한 일을 하며 똑같은 몫을 받네 같은 옷을 입고 찬란한 세계를 건설하네 동구권의 꿈 동구권의 꿈 잠꼬대처럼 말하며 꿈에서 깨어났다. 동구권의 꿈이 아니라 이것은 여권을 받는 일에 대한 은유잖아. 이 꿈은 카프카와 동구권에 관한 것이고 내가 여권을 만드는 과정 같은 것이고 한솔은 잠에서 덜 깬 상태로 그렇네 라고 중얼거리며 저녁을 먹어야겠다고 생각했다. 그런데 카프카는 꿈을 자주 꾸었고 카프카는 꿈에 대한 글도 썼고 카프카는 보험회사에서 일을 하며 글을 썼지만 카프카의 근무시간은 오후 두세 시면 끝이 났다. 카프카의 꿈 카프카의 근무시간 그의 꿈 동구권의 꿈. 성으로 가려고 한 것은 아니지만. 남은 빵과 우유를 졸린 눈으로 먹으며 무얼 먹으면 좋을까 생각했다.

실제 한솔이 여권을 받을 때 구청 직원들은 한솔

의 주민등록상 성별이 여성일 것이라 생각하지 못하고 군필 여부만 여러 번 물었다. 이 질문에 제대로 답하지 못하면 군대를 가지 않은 이십 대 젊은 남성이 어떻게든 해외에 나가고 싶어서 여권을 만들러 온 것이라고 생각하는 것일까? 한솔이 설사 이십 대 젊은 남성이라 해도 아니 군복무를 마치지 않은 이십 대 남성이라면 더욱 여권을 만들어 외국을 여행하기는 어려운 것이다. 몸을 먼 곳으로 보내기가, 자신을 어딘가로 옮기는 것에 많은 관문이 놓여 있는 것이 선명히 보였다. 지문은 분명했고 '2'로 시작하는 뒷번호는 생생했다. 이제 핸드폰도 지문으로 락/언락이 가능하잖아요. 제가 어디로 숨는다면 저의 아이폰으로 저의 지문을…… 지문을 베껴가세요. 속으로 지문을 지문을 하고 중얼거렸다. 너무나 해외에 나가고 싶어 하는 스물한 살의 군미필 남성을 생각했다. 그 사람은 아주 짧은 유효기간을 가진 여권을 만들 수도 있고 만들 수도 없다. 수술 사실을 밝

히지 않는다면 정말 꿈처럼 스물일곱 명의 공무원을
만나게 되었을지도 모른다. 수상한 사람이 되고 의
심을 받고 정체를 밝히기를 요구받을 것이다. 수술
사실을 밝히면 수상하지 않은 의심할 수 없는 사람
이 되는 건가? 꿈의 2번 창구 직원처럼 그냥 도장을
찍어준 사람들을 생각했다. 나에게만 좋은 사람일
그들은 행정과 시스템에 불화하며 집에 가서 잠을
자고 꿈을 꾼다. 얼굴만 다른 직원들의 같은 질문에
지쳐 수술 사실을 밝히자 마지막으로 물은 그는 아
그렇군요 라고 말하며 다른 직원들과 짧게 이야기
를 나눈 후 며칠 뒤 여권을 찾으러 오라고 말했다.
아무 일도 일어나지 않는군. 한솔은 집으로 돌아오
는 길에 팥이 든 찹쌀 도넛을 일곱 개 사 먹었다.

저녁을 먹으러 나가면서 열쇠를 프런트에 맡겼을
때 직원이 메모가 있다고 전달해주었다. 한솔은 메
모를 받아 주머니에 넣고 호텔 주변을 걸었다. 내장

이 들어간 국밥을 먹다 문득 낮에 스쳐 지나간 세 명의 러시아 남자들이 떠올랐다. 국밥을 먹으러 오지는 않겠지. 한솔은 십 년쯤 전에 아직 부산에 가본 적이 없을 때 채팅을 하다 만난 부산에 사는 남자와의 대화가 떠올랐다. 그 사람은 치료를 받으러 온 러시아 마피아들이 수영 요트 경기장 근처를 병원복 차림으로 산책한다고 했다. 왜 치료를 받는데요? 마피아들은 총으로 싸우잖아요. 반쯤 농담처럼 흘러가는 이야기였는데 그때는 그 사람이 커트 보니것을 좋아한다고 커트 보니것 이야기를 계속했었기 때문에 뭔가 보니것 소설 흉내를 내는 건가 생각했었다. 지금 생각해보니 쿠엔틴 타란티노 같기도 하네. 오늘 러시아 남자들을 연이어 마주치다 보니, 정말 그 사람은 본 것을 이야기했던 걸까, 그럴 리가. 병원복을 입은 러시아 남자가 마피아인 줄 본다고 알 수 있을 리가.

　내일 먹을 빵을 사기 위해 좀 더 걸었다. 잠이 든

사이 잠깐 비가 왔었나 보다. 한솔은 물냄새 나는 길
을 걸었다. 메모는 펴보지는 않았지만 왠지 열차에
서 옆자리에 앉은 사람이 남긴 것이 아닐까. 그 사람
이 아니고는 그럴 만한 사람이 없었다. 부산에는 아
는 사람도 없었고 한솔이 그 호텔에 묵는다는 것을
알 만한 사람은 더더욱 없었다. 빵집에서는 팥이 든
파이와 쿠키를 샀다. 한솔은 커피도 함께 사서 창가
에 앉아 지나가는 사람들을 보았다.

여객 터미널에서 만나기로 해요.
앉아서 배를 볼 수 있는 곳이 있어요.
저는 오전 열 시에 만나고 싶어요.

열차 옆자리에 앉은 사람은 여전히 자신의 이름을
밝히지 않았고 한솔은 둥근 글씨체의 메모를 읽다
가 내일은 여객 터미널에 가는 것일까 생각했다. 탐
정소설에서는 보통 이런 쪽지를 복수를 꿈꾸는 여

성이 탐정에게 보낸다. 지나가는 사람에게 돈을 건네며, 어느 가게에 앉아 있는 누구에게 이걸 전해주세요. 탐정은 그 사람을 뒤쫓아 쪽지를 보낸 사람이 누구냐고 캐묻지만 그 사람은 세 시간 전에 전달받은 거고 자기는 그냥 경마장에서 시간을 죽이는 한가한 사람이라고 말한다. 그사이 여자는 총을 구해 결혼식장에 숨어 들어가 상대 남자를 쏘는데 그걸 눈치챈 탐정이 결혼식장으로 달려가지만 여자는 벌써 남자를 쏜 후 자신의 머리에 총을 겨누고 있었다.

영우의 결혼식에 가야겠다고 결정을 한 것은, 가지 않으면 가지 않은 사실을 복기할 것이 걱정되었기 때문이다. 한솔은 그러고 싶지는 않았다. 이상한 예감이었지만 이 결혼식에 가지 않으면 점점 더 영우를 만나기 힘들어질 것이라는 생각도 들었다. 앞일을 생각한 것은 아니지만 당연한 것일지도 몰랐다. 영우는 영우대로 바쁠 것이고 아이가 생길 수도 있고 그렇다면 더 바빠질 것이고 점점 더 일본에서의 생활에 익숙해질 것이다. 한솔은 조금씩 변해갈 자신의 모습을 영우에게 자주 보여주고 싶었다. 그런 생각을 하다 보니 한솔은 왠지 다시 도망친 사람, 도망치다 늙은 사람의 기분이 되어 이십 년 전 친구의 결혼식에 가지 못한 것으로 나의 삶은…… 하고 중얼거리는 중년 남성의 얼굴을 하게 되었다. 그때 한솔의 직업은 별수 없이 탐정입니다. 지금 한솔이 기다리는 것은 빵집 맞은편 건물 이 층에 살고 있는 여자로, 이 여자는 조직의 간부를 총으로 쏜 전직 경찰을 숨겨주고 있다는 의심을 받고 있다. 여자는 근처 일식집에서 홀을 담당하는 매니저인데 원래는 가게를 두 개나 운영하던 돈이 많은 사람이었다. 삶의 굴곡이 있었지만 여전히 아름답고 똑똑한 여자는 또 한 번 잘못된 선택을 하고야 만 것이다. 여자가 잠시 집에 들러 전직 경찰을 돌봐주고 다시 가게로 가기 위해 내려왔을 때 탐정이 된 한솔은 조용히 마

시던 커피를 내려놓고 빵집을 나선다. 팥이 든 파이
도 놓고 와야겠지만 아직 실제 탐정은 아니므로 한
솥은 내일 먹을 빵을 챙겨 빵집을 나선다. 바닷바람
과 섞인 물냄새가 좋았다.

　나미는 이모의 친구가 어떤 가게를 하는지 정확히
는 알지 못했다. 이모도 확실히는 모르는 듯했다.

　— 근데 제가 뭐라고 불러야 해요?
　— 이모 친구니까 이모라고 하면 되지. 유미 이모
라고 해.
　— 이름이 유미……?
　— 신유미. 어릴 때부터 일을 잘해서 예전에는 가
게를 여러 개 했다고 하던데 지금은 모르겠네. 한번
크게 아팠거든.

　나미 이모의 이름은 숙현이었는데 친구 이름은 유

미. 비교하면 약간 더 세련된 이름이라는 생각이 들었다. 아직 유미 이모라는 말은 잘 나오지 않았고 웃기지만 유미 씨는, 하고 생각하게 되었다. 유미 씨는 일을 나가고 나미는 도착하자마자 잠들어버려서 아직 짐도 제대로 풀지 못했다. 대충 짐을 풀고 나자 배가 고파졌고 아까 배운 대로 시도를 해보고 싶어서 아파트 근처 정류장으로 가 버스를 타고 부산역에서 내려보았다. 당연히 어려울 것 없었지만 부산은 오랜만이었고 아직은 간단한 일을 해도 왠지 긴장이 되었다. 사람들은 나를 해치지 않는다. 사람들은 나를 붙잡지 않는다. 사람들은 나를 끌고 가지 않는다. 나미는 그런 확신을 얻기 위해 어쩌면 열차 옆에 앉은 사람에게 말을 걸었는지도 모르겠다는 생각이 들었다. 그러고 보면 교단에 누가 끌고 간 것도 아니고 거기서 채찍질을 당하거나 감금을 당한 것도 아니다. 굶기지도 않았고 강압적으로 요구받은 것도 없었다. 학교도 다녔고 (왜인지 얼마 안 되어 스스로 그만두게 되었지만) 외출도 했다. 다만 교묘하게 일상이 교단을 중심으로 짜이게 되었고 점점 공동생활 밖으로 나가지 않게 되었다. 사라진 사람들이 있다는 것을 깨달았을 때 문득 주변이 다르게 보였다. 나미는 어쨌거나 도망을 쳤다. 그것이 중요하다는 생각을 했다.

몇 시간 만에 본 부산역 주변은 어두워져서인지 조금 무서웠고 그렇지만 긴장하지 말고 어디든 들어가자고 스스로에게 말했다. 나미가 고른 곳은 여러 가지를 선택해야 하는 샌드위치집이었다. 자신과 비슷한 나이의 금발로 염색한 여자가 주문을 받고 있었다. 밝은색으로 그린 눈썹과 화장 모든 것이 화사해 보였다. 나미는 긴장하면서 묻고 대답하고 묻고 골랐다. 야채는 다 넣고 빵은 곡물 빵으로, 계란 샐러드가 들어간 메뉴를 골랐다. 자리에 앉아 다른 사람들이 주문하는 것을 봤는데 모두 고민하면서 대답을 하고 있었다. 저녁 식사를 위한 샌드위치 선택. 나미는 오 초씩은 뜸 들이며 말하는 사람들을 보며 앞으로 다른 사람들에게도 말을 걸 수 있겠다고 생각했다. 말을 건다. 샌드위치를 주문한다. 돈을 낸다. 나에게 샌드위치를 준다. 나는 샌드위치를 먹는다, 라고 다시 한번 정리를 했다. 유미 씨네로 돌아갈 때는 버스를 타도 되지만 슬슬 걸어보아도 될 것이라고 생각했다. 따뜻하게 데워진 곡물 빵 안의 계란 샐러드 맛을 느끼며 천천히 샌드위치를 먹었다.

　— 저 혹시 펜 좀 빌릴 수 있을까요?
　— 네, 잠시만요.

　주문을 받던 금발 머리 직원은 왜요? 뭐에 쓰실 건데요? 어째서요? 라고 묻지 않고 바로 계산대 옆에 있던 볼펜을 빌려주었다. 나미는 휴지로 샌드위치 포장지를 닦고 한솔에게 보내는 메모를 남겼다. 이제 이 메모를 호텔 프런트에 건네면 될 것이다. 그런데 이것은 너무 장난 같을 거야. 나미는 펜을 돌려 주며 편의점에서 수첩을 사야겠다고 생각했다.

유미 씨는 젊을 때 일본에서 엔카 가수로 활동을 했다고 한다. 가수로 잘 풀리지는 않았지만 이런저 런 일들을 해서 생활이 아주 어렵지는 않았다고. 삼 십 대 후반부터는 부산에서 사업을 했고 틈틈이 부 산과 오사카를 오가는 크루즈에서 엔카와 트로트 를 불렀다. 둘이 뭐가 다른 거예요? 묻고 싶었지만 바로 다른 이야기가 치고 들어와서 물을 수가 없었 다. 「돌아와요 부산항에」는 꼭 불러야 한다. 크루즈 는 열 번을 타면 한 번 무료 탑승이 가능했다. 저가 항공이 생겨나기 전 재일 교포 할머니들은 크루즈 를 타고 부산으로 와서 목욕탕도 가고 친구들도 만 나며 여가를 보내기 위한 교통편으로 자주 이용했 다고 한다. 물론 지금도 배를 타고 부산과 오사카를 오가는 사람들은 많다. 여기까지가 유미 씨가 맥주 를 사 와 나미에게 해준 이야기였다. 둘은 각자 두

캔씩만 마시고 다음 날을 위해 잠들기로 했다. 나미가 내일 여객 터미널까지 산책할 거라고 하자 유미 씨의 이야기가 시작된 것이었는데, 유미 씨는 여객 터미널이 새로 이전된 이후로는 딱 한 번만 크루즈를 탔다고 말했다. 이제 후배에게 자리를 물려줬는데 후배가 급한 일이 생겨서 대신 노래를 불렀다고 했다. 너무 새것같이 바뀌어서 이상했는데 그래도 뭐 그렇게 바꾸는 게 사람도 많이 오고 좋은 거 같다고 말했다.

— 이모는 혹시 탐정 만나본 적 있어요?

— 탐정은 왜?

— 여기 오면서 책 한 권 가져왔거든요. 그게 탐정 소설이어서요.

— 탐정도 별거 없다. 여기 세관에서 물건 빼오는 사람들 또 뭐 수상한 사람들 정보 캐고 그런 거다.

— 그럼 만나본 거예요?

유미 씨는 탐정만 만나봤겠냐고 야쿠자도 만나보고 나훈아도 만나봤다고 했다. 그러다가 이런 이야기 다른 사람들한테는 하지 말라고 했다. 아무도 안 만나봤고 술 취한 아저씨들만 많이 봤다고 했다. 오후에 잤지만 이불을 펴고 눕자 곧 잠이 들었다. 기도를 하지 않게 되었다. 사이비라는 말은 너무 나쁘지 않나? 사이비가 맞지만. 나미는 그곳에서 도망쳤지만 한편으로는 자신의 몇 년을 부정하는 것이 늘 쉽지는 않았다. 나미는 언젠가 신도의 노동력과 경제력을 착취한 나쁜 교회에 몇 년 머물렀던 이야기를 다른 사람들에게 할 수 있을 것이라고 생각했다. 아직은 그런 식으로밖에 설명할 수 없었다. 착취 같은 단어는 한동안 읽은 적도 사용할 일도 없었다. 그런 수준의 단어들은 말이다. 하지만 당연히 알고 있고 써봤던 단어니 바로 사용할 수는 있다. 읽는 것에는 여전히 속도가 붙지 않았지만 연습하면, 처음 젓가락질을 연습하고 가위질을 연습하는 것처럼 연습하

면 되겠지. 다시 교회에 다닐 수 있을까? 평범한 교
회에 다닐 수도 있을 것이고 그런 곳은 이전의 교단
과 다르겠지만 무언가 아직은 거리를 두고 싶었다.
하지만 무언가 필요하다고 나미는 느꼈던 것이다.
더 나은 자의 목소리 다른 차원의 목소리를 듣고 싶
었다. 아니면 성당에 가볼 수도 있을 것이다. 성당에
서 신실하지 않은 마음으로 평범하고 단정한 마음
으로 서양의 종교와 교양을 배우는 마음으로 교리
를 공부하는 것도 괜찮을 것 같았다. 그런데 그 전에
해야 할 일이 많다. 그 전에 해야 할 일들을 하자. 그
렇게 생각했을 때 믿는 자가 믿는다 어디선가 깊이
새겨진 목소리가 들려왔고 믿는 자인가? 그렇다면
믿지 않는 자의 길은 없는 것인가? 나미는 다른 무
언가를 믿길 원한 방금 전 자신의 마음을 생각했다.

나미는 믿는 자라는 단어가 감은 눈 사이를 오가
는 것을 느꼈지만 짧게 기도를 끝냈다. 감사합니다.
……하게 해주세요. 도와주세요. 아멘. 점점 옅어지

고 흐려지는 아이들의 얼굴을 떠올렸다. 감은 눈 속은 반복되는 단어들을 지나 빠르게 통과하는 열차 안이었다. 나미는 핸드폰을 꺼내 아이들의 사진을 보았고 그 아이들의 얼굴은 빠른 속도로 사라져갔다. 만날 수 없는 아이들이 각자의 세계 속에서 증발되지 않기를. 빠른 속도 속에서 사라지지 않고 흔들린 채로 각자의 얼굴은 지속되어 서로 모르는 어른으로 살아남게 되면 좋겠다. 나미는 이상하게 자신도 이모처럼 아이를 낳지 않고 혼자서 살게 될 것이라는 생각이 들었다. 그때까지 잘 버텨나갈 수 있으면 좋겠다. 나미는 다시 사람들은 나를 해치지 않는다. 누가 나를 쫓아오지 않는다. 저 사람은 나를 해치지 않는다. 저 사람은 집이 있다. 저 사람은 말을 한다. 그런 말들을 연필로 글씨 연습 하듯이 반복했다.

나미는 모피 코트 아래 머리를 눕히고 어쩐지 여러 곳을 다녀보았을 것 같은 옷들과 함께 잠이 들었다.

탐정은 탐정의 자세를 한 사람, 그렇다면 그는 틀림없이 탐정이겠지. 별다른 수확 없이 집으로 돌아와 침대에 눕는다. 여자는 수상한 면이 없었고 가는 선의 옆얼굴을 탐정에게 보이며 일을 마치고 집으로 들어갔다. 탐정은 내일 또다시 거리로 나서야 한다. 한솔은 분류해보았다. 경부선을 지나는 주요 역들. 새로 개통될 서울-강릉의 역들, 그리고 용산-목포를 지나는 주요 역들. 이전에는 서울에서 광주를 가려면 용산역에서 기차를 타야 했지만 이제 서울역에서 출발하는 열차도 종종 보였다. 부산에서 광주는 한 번에 기차로 갈 수 없다. KTX 잡지 뒤에 실린 열차 시간표를 보다가 가보고 싶은 곳들에 동그라미를 쳤다. 커튼을 걷으면 창밖엔 불빛이 반짝였고 짧은 머리를 한 소년 같은 한솔의 얼굴이 보이고 눈에 힘을 주면 야경이, 눈에 힘을 풀면 한솔의 얼굴이, 다시 눈에 힘을 주면 불빛이 보였다. 일본의 열차들은 훨씬 더 복잡하고 종류가 많았던 것 같은데.

한솔은 영우에게 메시지를 보내볼까 하다가 출발하기 전 날 보내야지 하고 관두었다.

당신은 배제라는 말을 압니까? 꿈에서 창구의 공무원은 물었다. 배제를 완전히 이해하고 체득한 자를 통과시켜주었다. 그것이 꿈의 논리였다. 배제를 알지 못하면 배제를 배워야 할 것이다. 밖에서? 세상에서?

열차 시간표로 눈을 돌리면 멀리 간 사람들을 생각하게 되고 비행기를 생각하면 먼 곳에 있는 사람들이 생각났다. 열차는 내릴 수가 있고 비행기는 내릴 수 없이 도착만 있어서 그럴까. 멀리 간 사람들이, 조상들이 있겠지. 여기서 조상이라고 떠올려도 그들은 일제강점기를, 한국전쟁을 지나지 않을 수 없었고 그저 조상들이라고 말하기에는 그 사람들은 아무것도 없는 곳으로 내몰리고 힘없고 배가 고픈

사람들로밖에 상상이 되지 않았다. 그래도 어쨌거
나 멀리멀리 간 사람들이 있기는 할 것이다. 한솔의
조상 중에도. 만주로 간 사람들과 배를 타고 오사카
로 간 사람들과 북으로 간 사람들과 미국으로 간 사
람들이 있을 수도 있겠지. 그 사람들을 생각했다. 그
리고 한솔은 결혼식에 가기 위해 비행기를 타고 간
사이공항으로 간다.

한솔이 이전에 읽은 재일 조선인 북송사업에 관련
된 책에는 그런 이야기가 있었다. 아버지가 재일 조
선인 이세이고 어머니는 일본인인 1951년생인 리카
히로시의 이야기이다. 리카 히로시는 아이치현 도요
하시에서 나고 자랐다. 아버지는 시내 중심가에서
아카시아 서점이라는 작은 헌책방을 운영했고, 일
가는 그 가게 이 층에 살았다. 책과 문학이 가족생
활의 큰 비중을 차지하고 있었다. 리카 히로시의 부
모는 원래 그 고장의 단카 동호회에서 알게 된 사이

로, 일본 문학의 정수라고 일컬어지는 단카를 둘 다
무척 좋아했다. 태평양전쟁 중에 성인이 된 수많은
일본의 인텔리 세대와 마찬가지로 리카 히로시의 부
모도 좌익이었다.※ 리카의 아버지는 처자식에게 폭
력을 휘두르는 사람이었고 어머니인 미요가 더 이상
참을 수 없다고 생각했을 때 마음을 흔드는 신문 기
사를 발견한다. 그것은 조선인은 완전히 무료로 북
한으로 귀국할 수 있다는 신문 기사였다. 미요는 이
것이 기회라고 생각했다. 거기에는 훌륭한 무상 주
택, 복지, 확실한 수입, 여성을 위한 직업 등이 약속
되어 있다는 글과 사진이 곁들여져 있었다.° 당시 미
요는 호적이 남편의 고향인 조선으로 송부되어 있
었고, 그것이 미요가 일본인으로 태어났음에도 왜
결혼 후 외국인등록증이 필요했는가에 대한 이유가
될 것이며, 동시에 북송선을 탈 수 있는 자격이 되어
주기도 했다. 1961년 북송선을 타기로 한 리카와 그
의 어머니 미요는 도요하시역으로 가 나고야로 가

는 열차를 탄다. 북송선을 타는 사람들을 위해 특별
야간열차가 나고야에 마련되어 있었고 나고야에서
는 다섯 시간 넘게 기다린 후 배가 출발하는 니가타
행 열차를 탔다. 나고야역에는 리카의 선생님이 리
카를 배웅하기 위해 나와 있었다. 그는 리카에게 곧
따라갈 테니 힘내라고 말했다.

— '곧'이란 언제예요?

그는 답이 없었고 리카는 그가 북송선을 타지 않
을 것임을 직감적으로 알았다.* 도요하시에서 나고
야, 나고야에서 니가타, 니가타에서 평양. 나고야에
서 니가타까지는 기나긴 기차 여행이었다. 지금 우
리가 열차를 탄다면 나고야에서 신칸센을 타고 도
쿄까지, 도쿄에서 다시 신칸센을 타고 니가타까지
네 시간이 채 안 걸리는 여행으로 끝이 날 것이다.
리카와 그의 어머니는 어떤 이유로 북송선을 타지

못했고 도요하시의 아카시아 서점에 돌아왔을 때, 그의 아버지는 다른 여자와 살고 있었다. 하지만 많은 사람들이 니가타에서 북송선을 탔을 것이다. 그건 어쩐지 끝처럼 여겨지지만 그렇게 길을 간 사람들이 여기에도 저기에도 있었을 것이다.

오전 열 시 여객 터미널에는 제대로 된 약속도 하지 않은 모두가 야외 벤치로 와 앉아 있었다. 유미와 나미와 한솔은 서로 간단히 인사를 했다. 나미는 탐정소설을 전날 밤부터 여러 번의 시도 끝에 삼 분의 일쯤 읽었다고 말했다. 한솔은 그 탐정을 정말 좋아한다고 답했다. 한솔은 긴 코트에 구두를 신고 있는 유미를 마치 어젯밤 미행하던 사람을 보듯 잠시 보았다. 우리는 무얼 해야 할지 모르지만 나란히 앉아 오사카로 떠날 크루즈를 바라보고 있다. 배는 크고 희고 왜인지 그립고 설레는 기분이 들게 했다.

— 저희 이모가 저 크루즈에서 노래 부르셨어요.

77

— 노래는 지금도 부르지. 저기서는 안 불러도.

— 가수세요?

— 노래하면 다 가수지. 가수가 따로 있나?

나미는 품에 안고 있던 도넛 상자를 열어 양옆의 사람들에게 하나씩 건넸다. 유미는 커피를 사 오겠다고 일어났고 크루즈는 늦가을 오전의 햇빛으로 반짝이고 있었다. 저 배를 타면 오사카에 열여덟 시간 후에 도착하거든요. 저는 저거 타려고요. 곧 타고 가보려고요.

— 여권은 있으세요?

— 당연하죠.

한솔과 나미는 설탕이 입혀진 도넛을 자연스럽게 나오는 침과 함께 삼키고 있었다. 결혼식에 들렀다 일주일가량 여행을 하는 일정인데 아무런 계획도 없었다. 배제를 이해하고 검문과 질문과 통과와 자격을 이해한다. 그것을 이해해야 한다. 결국에 완전히 깨닫지는 못하고 얼떨떨한 기분으로 모든 것을 마치게 될 것 같긴 하지만. 유미는 뜨겁고 검은 커피를 나눠 주었다. 셋은 별말 없이 늦가을의 초겨울이라고 해야 할까 싶은 햇빛 속에서 흰 크루즈를 바라보았다. 곧 배에 탈 사람들 서넛이 함께 사진을 찍고 있었다. 물이 일정하게 움직이는 소리, 낮은 엔진 소리가 편안했다. 아무 이야기를 하지 않아도 어색하지 않았고 무슨 이야기를 해도 좋을 정도로 적당한 소리였다. 부산역에서 여객 터미널까지 가는 데에는 두 가지 방법이 있는데 하나는 셔틀버스를 타는 것이고 다른 하나는 걷는 것이다. 나미는 한솔에게 어떻게 왔느냐고 물었고 한솔의 대답으로 셋 모두 터미널을 향해 걸어오고 있었음을 알게 되었다. 셋은 아무도 걸어서 오지 않는 길을 곧 들어설 대단지의 아파트와 투자 가치가 충분하고도 넘친다는 상가와 호텔의 광고를 지나치며 걸어왔다. 서로 스치며 지나가며 이십여 분 동안 같은 길을 걸은 세 사람은 당장 타지 않을 크루즈를 바라보고 있었다.

— 언제 도착하신 거예요?
— 저는 일찍 왔어요. 아홉 시쯤?
— 와서 뭐 하셨는데요?
— 그냥 있었어요.

셋의 눈앞으로는 얇고 긴 다리가 가로로 긴 선을 그리고 그 아래로 컨테이너와 늘어선 배들이 멀리 보였고 그 위로 무거운 흰 구름이 다리를 따라 떠 있었다. 크루즈를 타면 탕이 있는데요 한밤중에 사람 별로 없을 때 탕에 들어가면 눈앞에 바다만 있거든요. 나미는 크루즈에 탔던 이야기를 했고, 유미는 커피를 마셨으며 사진을 찍던 사람들은 터미널 안으로 들어갔다. 탕의 전면은 전망을 위해서인지 생각보다 큰 창이 있어 한눈에 바다를 볼 수 있다고 한다. 신기하고 무섭고 이상한 기분이라고.

— 그 시간에 왜 사람이 없냐면, 내가 노래를 부르는 시간이라 그렇지.

크루즈 안 홀에서는 저녁 식사를 마친 승객들을 위한 쇼가 열리고 많은 사람들은 그곳에 참석한다. 쇼에 참석하지 않은 대부분의 사람들은 이층침대로 된 객실에서 잠을 자고 예민한 사람들은 멀미와 싸우고 책을 보거나 바다를 보고 배 안을 막 돌아다녀 보고 다시 또 돌아다녀보고 자판기에서 맥주를 마시고 여기는 일본 맥주를 파네 중얼거리고 그럴 때 나미는 탕에 몸을 담근 채 얼굴만 물 밖으로 내밀고 아무도 안 지나가네 지나가도 내가 보이지는 않겠지 생각했다. 정말 물 위에 떠 있다 정말로 떠 있다 물 위에 배 위에 뜨거운 탕 위에 떠 있다. 한솔은 남

탕에 들어가는 자신을 그려보았다. 크루즈는 남녀를 나눠 방을 정해주겠지. 한솔은 여성칸에 배정이 되겠지만 방 안에 짐을 두고 곧 나올 것이다. 이층침대에서 자지 않을 것이다. 어디에서도 자지 않고 앉아서 바다를 볼 것이다. 그러다 졸리면 잠시 잠을 잘 것이고 어쩌면 잠이 오지 않을 것 같기도 했다. 자판기에서 맥주를 뽑아 바다를 보며 마시고 있을 때 맞은편에서 걸어오는 사람은…….

―「돌아와요 부산항에」를 마지막에 불러야지.

유미는 배에서 알게 된 사람들 이야기를 할 듯 말 듯 하다가 자세히 들려주지는 않았다. 유미는 술을 마시듯 남은 커피를 단숨에 다 마시고 한솔에게 들으라는 듯이 말했다. 크루즈를 타서 누가 아무렇지 않게 뭔가를 해달라고 해도 들어주면 안 된다는 이야기였다. 혼자 있는 젊은 남자에게 많이 그러거든.

뭘 해달라고 하는데요? 뭐 많지. 해달라는 것은. 커피를 다 마신 유미는 가게에 가야 한다고 먼저 일어섰다.

— 이모께서는 계속 선글라스를 쓰고 계시네요?
— 눈이 부셔서?
— 외국인 같다.

나미는 여기서도 티켓을 살 수 있는지 물어보고 오겠다고 했다. 한솔은 여기서 들리는 소리들 소음들은 이야기를 나누기에 적당하다는 생각을 했다. 옆 벤치에는 서너 살쯤 되어 보이는 남자애가 한솔을 보며 우이우이 소리를 냈다. 모르는 애와 마주치게 되면 무슨 이야기를 해야 할까. 너는 왜 혼자 있니 너는 몇 살이니 너는 이름이 뭐니. 뭐라고 대답해 줘도 잘 기억할 수 없을 것이다. 그런데 왜 너는 여기 혼자 있을까. 〈나 홀로 집에〉처럼 모두가 얘를 까

먹고 휴가를 떠난 것은 아니겠지. 문을 열고 엄마가 급하게 아이를 안아서 데려갔다. 한솔은 계속해서 아이들만 사는 나라를 생각했다. 그런 이야기가 있었던 것 같은데……. 피터팬도 아니고 브레멘의 음악대도 아니고, 아니 브레멘의 음악대가 아니라 피리 부는 사람? 사나이? 그것도 아니고. 아무튼 저 애는 이전에 자주 엘리베이터에서 마주치던 윗집 아이와 닮았다. 그 애는 한솔에게 자기 집에 강아지가 있다고 매번 거짓말을 했었다. 어른들도 강아지가 갖고 싶다. 한솔은 매번 부러워하는 척을 해주었다. 정말 강아지가 갖고 싶었다.

나미가 시간이 지나도 오지 않아 나가보았는데 나미는 몇 개의 여객선 회사 창구를 바라보며 가만히 서 있었다.

— 그냥 갈까요?

— 여기서 표를 살 수 있냐고 물어보면 되겠죠?

아직 날짜를 못 정했는데.

— 되지 않을까요?

나미는 오사카로 가는 여객선 회사 창구로 급하게 뛰어가 뭔가 물어보았다. 어깨에 힘이 들어가 있었다. 회사가 생각보다 정말 많구나. 한솔은 다음에 배를 타는 것을 생각해봐야겠다 싶었다. 어렵겠지. 여성 남성이 나뉜 게스트 하우스 같지 않을까. 개인실 같은 것도 있을까 아니면 그냥 승선권 같은 것도 있을까. 유미의 말처럼 누군가 말을 걸고 그 사람은 낮은 목소리로, "놀라지 말고 열한 시 방향에 머리 벗어지고 칠십 대 정도로 보이는 남자 보이지?" 라고 물을 것이다. 그럼 나는…… 하고 한솔은 잠시 고민했다. 나미가 상기된 얼굴로 돌아와 웃으며 살 수 있대요 말했고 한솔은 왠지 주위를 의식하며 열한 시 방향을 슬쩍 보았다. 아까 마주쳤던 아이 엄마가 한솔을 멍한 표정으로 보고 있을 뿐이었다. 아이들이 잠들고 서너 시간쯤 지나 아이들만 사는 세계로 문을 두드릴 때 저 애는 위이위이 소리를 내며 아이들 사이를 휘젓고 다닐 것이다.

나미와 한솔은 좀 더 걷다가 떡볶이를 같이 먹고 헤어졌다. 내일 같은 곳에서 또 만납시다. 그렇지만 안 나와도 좋습니다. 둘은 웃으며 왠지 이제는 서로 이야기하는 것이 정말 편해져서 웃고 손을 흔들며 각자의 방향으로 갔다.

한솔은 옛날이야기를 하는 사람 책을 읽는 사람이므로 별수 없이 보수동 헌책방 골목으로 향했다. 떡볶이는 맛있고 맵고 달다. 작은 곳은 주인이 신경 쓰여서 비교적 큰 헌책방으로 들어가 옛날 한국 소설을 보았다. 김승옥의 단편 하나를 절반쯤 읽다가 꽂아두었다. 여러 낡은 책들의 책등을 구경하고 있을 때 모르는 긴 숫자의 번호로 전화가 걸려왔고 화면에는 국제전화 표시가 떴다. 왠지 영우일 것 같았다.

— 이거 국제전화야?

— 오는 거 맞지?

— 응 내일모레 비행기 타. 바쁜 거 아냐?

— 바쁘지.

— 나는 잘 갈 수 있어.

— 잘 갈 수 있어?

— 잘 갈 수 있다.

— 그래 잘 올 수 있다. 잘 와.

　서로 같은 말을 주고받다가 전화를 끊었는데 끊자마자 영우에게서 긴 메시지가 왔다. 어디서 갈아타고 어떤 열차가 있고 그 열차는 한자로 이렇게 쓰고 다시 뭘 타고 이런 것들. 나는 내가 혼자 서 있는 사람이라고 생각하지 않아. 혼자 서 있을 때가 있지만. 한솔은 그런 말을 생각하고 있던 것도 아니었는데 왠지 모르게 그런 말이 터져나와 내뱉어버렸다. 주변에는 아무도 없었고 나미에게 준 책을 쓴 작가

의 다른 소설이 보여서 그것들을 사고 책방을 나왔다. 입국을 할 때 문제가 생길 수도 있을까? 생기면 어떻게 대처해야 할까? 여러 번 생각을 해보았지만 알 수 없던 문제였는데 영우는 왠지 걱정이 돼서 전화를 한 것 같았다. 하지만 여권은 문제없으니까 괜찮겠지. 한솔은 영어로 자신의 상황을 말할 수 있는지 생각해보았다. 왠지 웃겨서 관뒀다. 아이 앰…… 아이 해드……아이 워즈 잉글리쉬 티처 비포. 왜 생각지도 못한 말이 튀어나온 것일까 책들이 많아서 그런 것일지 몰랐다. 어떤 책들은 펼치면 아우성치고 소리를 질렀다. 말한다. 듣지 않아도. 소리 지른다. 듣지 않을 수 없게. 나는 혼자 서 있는 사람이 아니야 하지만 혼자 서 있는 사람이야.

몇 개의 책방을 더 지났다. 한솔은 골목 끝에 있는 작은 책방 한 곳에 마지막으로 들렀다. 장정일의 『너희가 재즈를 믿느냐?』가 표지가 보이게 진열되어 있었다. 다자이 오사무의 『인간 실격』 원서도 그

옆에 나란히 있었다. 원서는 꽤 오래된 것이었는데 꼭 안 팔아도 될 것처럼 아는 사람은 알아보라는 느낌으로 나란히 놓여 있었다. 이 정도를 알아보면 뭔가 아는 사람인가 아닌가 한솔은 잠시 생각했다. 두 권 다 아주 잠시 살까 하는 생각이 들다 말았다. 책들은 만나고 헤어지고 사라지고 지나간다. 어떤 함께하던 책들은 시간이 지나면 헤어지게 되는데 그걸 슬퍼할 이유는 없는 것 같다. 어떤 것들은 이미 몸으로 변해버려 흔적이 없어졌을 수도 있다. 그래도 헤어짐은 있다. 한솔은 열여섯 열일곱에 읽던 책들을 지나가며 아 이미 헤어졌군 우리는 헤어지고 다시 만나지 않았다고 생각했다. 만나지 않게 된 사람들도 가끔 생각하지만 이제는 그것이 자연스러운 일이었다고 생각하게 되었다. 아무것도 사지 않고 책방을 나왔다.

부산역에서 버스를 타고 해운대로 갔다. 버스는 자

기 좋을 대로 삼십 분 좀 넘게 달렸다. 한솔은 토할 것 같아서 눈을 감고 다른 생각들을 하려고 애썼다. 바람이 세고 찼고 다시 한번 해운대를 산책하는 치료 중인 마피아를 떠올렸지만 역시 그런 사람은 한 명도 없었고 소리 지르며 뛰는 사람 두 명을 제외하고는 그냥 슬렁슬렁 지나가는 사람들뿐이었다. 이제 때가 되었고 정말로 탐정이 그에게 다가왔다. 한솔은 자신을 향해 다가오는 네이비 블루종에 검정 슬랙스를 입은 오십 대 마른 남자를 보고 그렇게 생각했다. 파도의 높이는 높고 죽으려고 하는 것은 아니야, 마음속에서 갑자기 흘러나온 말이었고 아무도 듣지 못했다. 탐정 같은 남자는 한솔을 흘낏 보다 지나갔고 한솔은 높게 높게 치는 파도 소리를 들으며 모래 위에 누웠다. 침을 뱉는 남자들에게 시비를 걸 것 같아 길에서 침을 뱉는 남자들을 죽일 것 같아 파도 소리를 듣다 보니 그런 생각은 조금 잦아들었고 모래에서 습기와 한기가 서서히 올라오고 있었다.

나는 혼자 서 있는 사람이다, 아니다 두 경우를 모두
한 번씩 말해보았다. 나는 혼자 서 있는 사람이야. 나
는 정말로 혼자 서 있는 사람이야. 나는 혼자 서 있는
사람이 아니야. 혼자 서 있지 않아. 잠시 잠이 들었다
깼고 아무 일도 일어나지 않았다. 한솔은 일어나 머
리에 묻은 모래를 털었다. 복국을 먹고 다시 그 자기
좋을 대로 달리는 버스를 탈 자신이 없어 지하철을
타고 부산역으로 돌아왔다. 모든 것은 괜찮았지만
그 버스는 다시 타고 싶지 않았다.

한솔은 프런트에서 다시 한 장의 메모를 전달받
아 방으로 들어왔다. 손에는 헌책 두 권과 해운대에
서 산 빵과 편의점에서 산 우유가 있었다. 물을 끓여
녹차를 우렸다. 생각했다.

나는 혼자 서 있는 사람이야.
→ 나는 혼자 서 있고 가끔 벼랑 끝에 서 있고 지

금도 혼자 있다. 외롭거나 고독한 것, 처참하고 우울
한 것과 무관하게 모든 개인처럼 혼자 서 있다. 혼자
서 있는 사람으로 서 있다. 나는 모든 혼자 서 있는
사람처럼 서 있나? 아니면 나는 다른 사람으로 모든
사람들과 다르게 혼자 서 있나? 아니 나는 혼자 서
있고 멀리 다른 혼자 서 있는 사람들이 있다.

나는 혼자 서 있는 사람이 아니야.
→ 가방에 책이 있었다. 로베르토 볼라뇨, 나의 친
구인 그가 말했다. "친구들이여, 이것이 전부다. 난
모든 걸 해보았고, 모든 걸 경험했다. 기운이 있다면
울음을 터뜨릴 것이다. 이제 당신들에게 작별 인사
를 한다. 아르투로 벨라노."✲ 그는 친구들과 우정에
관해 썼다. 우정이란 무엇일까, 영우에게 갖는 애정.
돌봐주고 싶은 사람들과 나를 읽어주길 바라게 되
는 사람들. 스탠리 카벨은 낡은 사진에 대해 이렇게
말한다. "어색한 웃음의 취약성 안에서, 모자의 기

울기 안에서, 발이 향하는 방식 안에서, 신발 안에 먼지나 혹은 신발의 희망적인 광택 안에서, 아기의 고개가 놓인 팔꿈치의 안쪽에서 필연적인 죽음에 대한 인식은 함께 살아 있다. 심지어 쾌활하게. 이 인식을 위한 더 좋은 장소는 없다."◆ 한솔은 지난 사진들을 떠올렸다. 한솔은 아이의 얼굴에서 늘 혼란스러움을 읽었다. 하지만 당신은 혼자 서 있는 사람이 아니야. 모든 아이들은 이곳과 맞지 않아 보이며 사람들은 모두 과거와 함께 서 있다. 한솔은 여러 사람의 말을 댈 수 있었다. 이어서 또 이어서, 한솔은 옛날이야기를 하고 또 하는 사람이었다.

내일 밤은 부산에서의 마지막 밤이 될 것이다. 같은 호텔 방에서 고작 이틀째 묵고 있을 뿐인데도 이곳의 모든 것에 금세 익숙해져버렸다. 왠지 이곳에서 이삼 년쯤 숙식을 해결한 사람 상상 속에서도 그럴 돈은 없는 사람이었는데 그럼 어떻게 이곳에서

묵은 걸까. 한솔은 이곳에서 일하는 사람인데 왜인
지 방을 하나 특별히 배정받은 것일까. 어떤 기회와
해결이 진행되었는지는 모르겠으나 아무튼 이곳에
서 오래 머물고 있었다. 그때의 한솔은 지금보다 열
다섯 살쯤 나이가 들었고 특별한 고통과 사건이 있
었던 것은 아니지만 이 침대에서 조용히 죽음을 맞
이하게 되었다. 몇몇 이웃이 한솔의 장례를 도와주
었다. 한솔은 숨을 거두고 아이들과 강아지의 나라
로 갔다. 혹은 죽지 않은 한솔이 매일 규칙적인 생활
을 했다. 아침에 커피와 빵을 먹고 일을 하고 이웃들
과 인사를 하고 그때는 말투도 자연스럽게 부산 사
람과 비슷해져 있었다. 옷은 적고 신발도 두 켤레고
이 좁은 방에 빽빽하지 않을 정도로 채워진 한솔의
짐들, 한솔은 어떤 것이 있을지 하나씩 불러볼 수 있
을 것만 같았다. 평소보다 일찍 잠들었다가 새벽에
잠에서 깨어 여객 터미널까지 걸어갔다 되돌아왔다.
잠을 깨우는 새벽의 바닷바람이 한솔과는 아무 상

관없이 불고 있었다. 아침에 눈을 떴을 때는, 어젯밤 그려본 이곳에서 몇 년간 살고 있는 나이 든 한솔처럼 커피와 빵을 먹었다. 부산에서의 마지막 하루가 시작되고 있었다.

　나미와 한솔은 여전히 별말 없이 오사카로 떠날 예정의 흰색 크루즈를 보았다. 나미는 책을 보다 헷갈리는 내용이 나와 절반쯤 읽다가 다시 처음부터 읽고 있다고 말했다.

　— 저는 성당에 다니기로 했어요.
　— 왜요?
　— 어딘가 다니고 싶어서요. 당장은 아니고요.
　— 네.
　— 성당에 다녀보셨어요?

한솔은 문득 민주공원에서 내려오다가 성당을 본

기억이 났다. 아주 근처는 아니고 부산역에서 한 이십 분? 걸어가야 하는데 가보실래요? 한솔은 그렇게 말하면서도 성당에 가서 그런데 뭘 해야 하지, 성당은 왠지 어떤 절차가 까다로운 곳 같다는 생각이 들었다. 머릿속으로 ritual이라는 단어가 스쳐 지나갔다. 나에게는 어떤 리추얼이 있는가, 있다면 그것은 나에게 어떤 기쁨 혹은 엄격함과 규칙에 대한 이해를 주었는가.

터미널 안은 출발하려는 사람들 몇 빼고는 비교적 한산했다. 왠지 계속 선택을 해야 할 것 같아 어지럽게 만드는 많은 창구들. 공항만큼은 아니지만 의외로 많은 창구들이 터미널에 있었고 한솔은 어제 혼란스러운 뒷모습을 하고 아무것도 못 하고 있던 나미를 떠올렸다. 나미 역시 어제의 긴장감이 떠올랐다. 모든 것이 잘되어가고 있다고 생각했을 때 왜인지 아무것도 할 수 없을 것 같은, 아니 아무것도 할 수 없을 것 같은 생각조차 들지 않는 혼란과 긴장이 한순간에 나미에게 찾아왔다. 하지만 잘되어가고 있어, 힘을 내어 창구로 걸어갔다. 나미는 하루가 지난 것일 뿐이지만 어제보다는 편한 표정으로 창구를 보게 되었다. 어제 나미는 유미와 오후에 함께 터미널로 와 크루즈 티켓을 샀다. 다음부터는 인터넷에 회원 가입을 해서 사는 것이 낫다는 설명을 여러 번 들었다. 곧 떠나게 될 것이다. 이제 누가 자신을 붙잡으러 온다는 생각에서 조금 벗어난 나미는 그래도 당분간 자신을 마치 이리저리 움직이는 좌표처럼 생각해야겠다고 결정했다. 돌아오면 부산에 있겠지만 그래도 걷고 걷고 버스도 타고 지하철도 탄다. 터미널도 공항도 가본다. 나미와 한솔은 대마도로 가는 티켓을 파는 창구, 핸드폰 로밍을 돕는 창구, 휴대용 와이파이를 대여하는 창구, 여행사 창구, 후쿠오카로 가는 창구와 오사카로 가는 창구를 구경하다 내려왔다.

성당으로 가다 배가 고파 시장에서 칼국수를 먹

었다. 영주동 시장은 좁은 골목을 지나서야 나왔다. 시장에서 파는 것은 칼국수와 김밥뿐이었다. 과일 야채 생선 모두 없었다. 작은 칼국숫집만 모여 있었다. 한솔이 어제 본 성당은 주택가 안에 있었는데 아이보리색 건물이 깔끔하고 따뜻한 느낌을 주었다. 나의 리추얼은 다른 사람의 이야기를 하는 것이다. 과거의 이야기를 하는 것이다. 리추얼은 그런 것이 아닙니다. 한솔은 자신의 리추얼을 떠올려보려고 했다. 칼국수를 주문하자 할머니는 반죽을 도마에 밀기 시작했다. 나미는 어제 유미와 했던 이야기를 떠올렸다. 유미는 술에 취해 들어와 소파에 누워 물을 갖다달라고 했다. 시간은 길고 시간은 많고 이런 일도 있고 저런 일도 있을 거야. 그래도 그냥 살면 된다는 이야기를 유미는 했다. 이런 이야기를 멀쩡하게 했으니 취한 건 아닐지도 몰라. 유미가 오기 전까지 나미는 거실에서 텔레비전을 보고 왠지 겁이 나 제대로 보지 못했던 집 구석구석을 살펴보았다.

유미의 방에 들어가지는 않았지만 화장실 선반에
는 뭐가 있는지 그렇다 나도 화장품을 사야 하고 그
전에 돈을 벌어야 한다 생각했다. 싱크대 서랍도 열
어보았다. 싱크대에 옆으로 몸을 기대어 창에서 희
미하게 사라져가는 낮의 흔적을 보았다. 책을 읽기
가 힘들었다. 나미는 문득 누군가 뛰어난 사람이 자
신이 겪었던 일들에 대해 제대로 써두었을 것이라는
생각이 들었다. 어째서 자신을 지우고 누군가에게
의탁하고 싶은지, 그럼에도 거기서 또 눈에 띄고 싶
은지, 자신을 몰아세움으로써 얻게 되는 가치에 몰
두하게 되는지, 괴롭다는 인식은 어째서 늦게 찾아
오는지. 나미는 틀어놓은 텔레비전에서 작게 들리는
노래를 흥얼거리다가 일 년은, 어쩌면 이 년은 연필
로 글씨를 연습하고 손톱깎기로 손톱을 깎는 일을
열심히 하고 걸레를 꽉 짜는 일 같은 것을 열심히 해
야 한다고 생각했다. 술을 마신 유미는 마치 나미가
무슨 생각을 하고 있는지 안다는 듯이 시간은 길다

고 했다. 말이 안 되는 말이지만. 시간은 길어.

— 시간은 길어. 화장도 하고 음악도 들으러 다니고. 그냥 나가봐라.

나미는 청소도 하고 밥도 해봐야겠다고 생각했다. 유미는 가게를 해서인지 무척 깔끔하고 음식을 잘했는데 그래 조금씩 나도 해봐야지, 나미는 취한 유미를 보며 그렇게 잠깐 마음을 먹었다. 왜인지 급하게 끊어버린 오사카행 티켓을 떠올렸다. 서점에 가서 여행책을 고르고 환전을 해야 한다. 도착하면 예전에 배웠던 말들이 기억 나주기를.

한솔과 나미는 쑥갓이 올라간 칼국수를 먹고 나와 성당으로 향했다. 나미는 한 걸음 앞서 가 있는 한솔의 등에 대고 손가락으로 일 자를 그었다. 목에서부터 등뼈를 따라 아래로 그었다.

— 뭐지?

— 아무것도.

나미는 모르겠어요 몸이 너무 가늘어 보여서 그랬
어요 덧붙였다.

— 성당에서도 믿지 않는 사람은 지옥에 간다고
말하나요?

— 글쎄요. 잘 모르겠는데 그러지 않을까요?

나미는 골목에서 아이들이 지나갈 때마다 지옥불
에 대해 배우고 외우고 반복할 민우와 지수, 유진이
와 나연이를 떠올렸다. 이런 이름들도 있었다. 찬송
이와 하은이, 선율이와 모세. 어느 날 교회에 필요한
물건을 사러 간다고 나와서 그대로 도망가버렸는데
그것이 마지막이었다. 지금 나미는 성당에 앉아 있
었다.

한솔과 나미는 성당 뒤편에 앉아 잠시 졸았다. 오래 걸어서 피곤한 두 사람은 앉자마자 조용히 생각을 해야지 이런 곳에 왔으면 가만히 앞일을 생각해 보자 둘 다 그런 생각을 했으나 곧 고개를 숙이고 잠이 들어버렸다. 한솔은 성당에서 꿀 법한 꿈을 꾸었다. 한솔은 신부님이 되고 싶은 남자아이였고 무언가 미심쩍었지만 별 무리 없이 신부님이 되었다. 신부님이 되어 신도들을 바라보았을 때 누군가 자신을 양옆에서 연행하러 왔고 한솔은 그럼 그렇지 무언가 이상했어 라고 생각하며 순순히 잡혀갔다. 맨 앞에서 조용히 미사를 보던 신도 A씨는 조용히 일어나 그가 순교했다고 말했다. 순교라는 말이 선명했다. 마치 당신은 꿈에서 모든 단어를 몸에 새길 듯이 깊게 돌이킬 수 없을 정도로 완전히 받아들이라는 듯이. 배제를 깊이 새기고 순교와 죽음을 잊지 말고 받아들이라는 것처럼. 나미는 아무 꿈도 꾸지 않았고 목과 허리가 불편해 십오 분쯤 지나 잠에서

깼다. 모두가 공인하는 종교를 가지면 뭔가 괜찮아질 것 같았다. 나미는 또다시 믿는 자라는 단어가 떠올랐으나 이제 그런 생각보다는 어디든 일단 다녀보는 것이 좋겠다는 생각이 들었다. 산책처럼. 그게 나미의 리추얼이 될 것이다. 역시 그런 것은 리추얼이 아니지만.

둘은 성당을 나와 걷기 시작했다. 아직 춥지 않았고 걷기 좋았고 배고프지 않았다. 한솔은 왠지 가벼운 기분이 되어 나미에게 자신의 수술에 대해 이야기 해볼까 하는 생각이 들었다. 하지만 나미는 성당에서 나온 이후 왠지 생각에 잠긴 듯했고 둘은 말없이 걸었다. 한솔은 많은 것을 먼저 이야기하는 사람이었는데 나미는 먼저 질문은 하지만 실제로 자신에 대한 이야기를 할 때는 머뭇거리거나 아니요 말할 수 없어요 라고 예상치 못한 지점에서 문제에 대해 부드럽게 포장하지 않고 말할 수 없다고 솔직하

게 대답하고는 했다. 그리고 보면 이름도 함께 여객
터미널에서 만났을 때에야 들을 수 있었다. 성당에
가면 왠지 모든 것을 고백하게 될 것 같지 않나요?
한솔은 나미에게 물었다. 나미는 저는 사실 삼 년 동
안 거의 아무것도 안 했어요. 그래서 이제 많은 것을
해야 하지 않을까 생각해요 하고 말했다. 한솔은 성
당에서 죄를 고백하는 나약한 사람들을 생각했다.
이상하게 어떤 장면도 구체적으로 떠오르지가 않았
다. 그런 것은 드라마에나 자주 나오는 장면일까.

— 그래서 부산으로 왔거든요.

— 저도 비슷해요.

— 부산으로 온 거요.

— 아니 뭔가 많이 하지 않은 거요.

— 음.

— 부산으로 온 것도 비슷하죠.

— 저는 긴 글을 읽는 것도 많이 잊어버렸어요. 다

컸는데도 그런 영향이 있는 거예요 사람에게는. 사람은 다 커도 그렇게 영향을 받고 잊어버리고 변하고 그러는 거예요.

　나미의 말은 왠지 그러므로 다른 방향으로 바뀔 수 있다는 것처럼 들렸다. 한솔은 수술을 받기 전에도 그랬지만 수술과 호르몬 투여를 시작하면서 글을 지나치게 잘 이해하게 되어버렸다. 책을 펼치면 단어 단어들이 생생하게 다가와 양손을 뻗으며 한솔의 어깨를 눌렀다. 꿈에서 배제를 이해하기를 요구받은 것처럼. 각 단어들이 선명하게 몸속과 머릿속으로 파고들었다. 하지만 그렇다고 읽지 않는다면 자신에 대한 생각이 그 사이를 파고들 것이다.

　— 아무튼 그래도 주신 책은 다 읽었어요. 반복해서 천천히 읽었어요.
　— 이틀 동안 다 읽은 거면 빠른 거 아니에요?

— 다른 걸 안 했으니까요.

— 그런가.

— 돌려드릴까요?

한솔은 그냥 가지고 있어달라고 했다. 왠지 한두 달 뒤에라도 그걸 나미가 다시 읽는다면 분명히 더 재미있게 읽을 것이라는 확신이 있었다. 나미는 자신도 곧 오사카로 떠난다고 오사카에서 읽을 책을 골라달라고 했다. 한솔은 왠지 탐정이 여전히 자신과 함께하고 있다는 생각이 들었고 탐정은 뭔가를 해결해서가 아니라 관찰하고 있다는 것이 중요하지 않은가. 하지만 그런 탐정이 나오는 이야기는 정말 재미없는 탐정소설일 것이다. 국제시장을 세로로 가르는 길을 따라 나미와 한솔은 걸었다. 사람들이 많은 그 길을 걸으며 한솔은 첫날 민주공원으로 가는 길에 본 러시아 청년을 또 마주쳤다. 같은 옷에 같은 검은 봉지를 들고 핸드폰으로 러시아어로 통화하고 있었기 때문이다. 올해가 러시아혁명 백 주년이라던데요, 「인터내셔널가」라도 부를까. 하지만 이 문제에 관심 있는 사람은 전 세계에 한 줌도 안 될 것이다. 한솔은 헌책방 밖에 나와 있는 '셜록 홈스 시리즈'를 나미에 게 선물했다. 오사카에서 무얼 읽으면 좋을지 모르 겠어요. 그런데 이건 그냥 사 주고 싶어요.

— 나도 이건 아주 어렸을 때 읽어봤어요. 왠지 좋은 시작인 것 같아요.
— 나중에 아가사 크리스티도 읽어보세요.

나미와 한솔은 각자 책을 구경하다가 버스 정류 장 앞에서 헤어졌다. 둘 다 비슷한 시기에 일본에 있 다니 신기하네요 그런 말을 주고받고 연락처를 교 환했다. 지금은 서로를 보고 있지만 왠지 먼 곳에 있 을 각자의 모습이 겹쳐 보였다.

— 뭔가 다음에 만나면 변해 있을 것 같아요.

— 재미있으면 좋겠다.

　나미는 버스를 기다리고 한솔은 계속 걷다 호텔로 돌아갔다. 간단히 내일 가져갈 짐을 정리하고 아, 나도 고베에 어울릴 책으로 골라볼 걸 그랬나 하고 잠시 생각했다. 고베에 대해 아는 것은 무라카미 하루키밖에 없었다. 재즈를 들으러 나도 돌아다녀볼까. 씻고 잠시 누웠을 때 이렇게 잠이 들 것 같다고 그런데 배가 고파서 잠이 깨겠지 일곱시 전에 눈을 뜨면 좋겠다고 생각했다. 건조한 방 안은 온풍기를 틀어서 훈훈한 열기가 감돌았고 「인터내셔널가」를 부르는 러시아 청년을 잠시 생각했다. 그런데 그거 한국에 관심 있는 외국인이 한국인을 보며 「아리랑」을 부를 것이라고 생각하는 거랑 비슷한 건가, 아니 다른 거지 다른 거야.

눈을 떴을 때는 저녁 아홉 시가 지나 있었다. 한솔은 무얼 먹어야 할까 생각보다 늦게 눈을 떠서인지 왠지 뭔가 포기하는 기분이 되어 남은 빵을 먹고 커피를 마신 뒤 호텔을 나왔다. 길을 걷다 골목으로 올라가다보니 전복죽을 파는 가게에 아직 불이 켜져 있었다. 가게에는 쉰 살쯤 되어 보이는 남자 한 명이 소주와 성게미역국을 먹고 있었다. 한솔은 전복죽을 시켰다. 십 분쯤 지나자 내장이 들어간 짙은 초록색의 죽이 나왔다. 밤 열 시가 다 되어가는 시간 죽을 먹는다. 안 될 것은 없지 생각했다.

— 학생인가?

— 아뇨.

— 그럼 뭐야?

— 그냥 잠시 쉬고 있는데요.

— 술 한잔해봐요.

낯선 발음의 한국어였다. 한솔은 남자들을 대할 때면 늘 어색함과 저항감이 뒤섞인 감정과 마주쳤다. 어떤 사람들은 여기서 먼저 형님이라고 말하며 술잔을 내밀 것이다. 한솔은 평소였다면 됐다고 말했을 것이다. 하지만 남자의 반말은 이상하게 점잖았고 낮은 목소리는 왠지 중요한 이야기를 할 것 같은 분위기를 풍겼다. 아니면 남자의 낯선 발음에 관심이 생겼을지도 모르겠다. 한솔이 죽을 들고 맞은편 자리로 가야 하는 걸까 그냥 잔만 받아도 되는 걸까 잠시 고민하는 사이 남자는 식당 아주머니에게 손짓으로 잔을 하나 더 달라고 했다. 한솔은 한솔의 테이블에서 남자는 남자의 테이블에서 소주를 마셨다.

　— 뭐 하면서 쉬고 있는 건데?

　— 그냥 여행도 하고 책도 읽고요.

　— 학교는 졸업한 거야?

— 네.

— 부산 사람 아니에요?

— 네. 저는 서울 살아요.

한솔은 고베에 사는 친구가 결혼을 해서 결혼식에
참석하기 위해 일본에 간다고 말했다. 남자는 교토
에 사는 은퇴한 선생님이라고 말했다. '우리학교'라
고 알아? 거기서 선생님 했어요. 남자는 낮은 목소리
로 완전히 반말을 하지도 그렇다고 딱히 존댓말을
계속 쓰지도 않았다. 한솔은 그럼 부산에는 여행 온
거냐고 물었는데 남자는 일 때문에 왔다고 했다. 은
퇴하고 조금씩 들어오는 일들을 하고 있다고 했다.

— 어떤 일을?

— 이것저것 조사하는 일이지.

그러고는 바로 번호를 알려주었다. 고베랑 교토

111

는 금방이니까 연락하라고 했다. 교토는 여기저기
잘 알려줄 수 있다고 했다. 죽집이 이렇게 늦은 시간
까지 영업하는 것은 근처에 관광호텔들이 있어서일
까 한솔은 잠시 생각했다. 은각사 알아? 우리학교
는 은각사 근처에 있어요. 출국과 입국에만 잔뜩 신
경을 쓰고 있어서일까 간사이공항에서 나와 고베와
교토와 오사카와 그리고 그리고 또 다른 곳들은 생
각지도 못하고 있었다.

　　— 저는 김일성은 그래도 행복한 일생을 보냈을
거라고 생각해요.
　　— 나는 지금도 이름만 바로 못 불러요.
　　— 아, 네. 저 94년도에 돌아가셨죠.
　　— 그렇죠.
　　— 그런데 무슨 조사를 하시는 거예요?
　　— 여기 근처 호텔에 묵는 사람 중에 내가 알아봐
야 할 사람이 있거든요.

― 그런 이야기 하시면 안 되는 거 아닌가요?

― 안 되는 거죠. 근데 서울 사람이라면서.

― 그럼 탐정이신 거예요?

― 무슨 소리야. 그냥 작은 거 조사해달라고 하면 돈 받고 조사하고 돈 더 받고 그런 거지.

― 그게 탐정이잖아요.

― 무슨 바보 같은 소리야.

남자는 갑자기 웃다가 술을 한 병 더 시키고 그런데 간첩들은 많이 만났다고 말했다. 간첩들 이야기는 나중에 해줄 수 있어요. 일본 오면 해줄게. 한솔은 하지만 간첩에 대한 이야기보다 김일성을 김일성이라고 부를 수 없다는 말에 놀라 다른 이야기를 마구 꺼냈고 여전히 당황한 채로 우왕좌왕하고 있었다. 당연한 이야기지만 왜 생각을 못 한 걸까. 그리고 왜 갑자기 김일성 이야기를 꺼낸 걸까. 뭔가 옆에 있는 사람과 가까운 이야기를 하고 싶다고 생각했고 가까운 이야기가 김일성이라고 생각하는 바보 같은 흐름이었다. 아무튼 한솔은 남자가 탐정이라고 생각했다. 소설 속 탐정이라면 절대 조사하고 있다는 이야기도 안 했을 것이다. 그렇다면 뭐라고 했을까. 한솔은 또 두 가지 경우로 나누어 생각을 해보았다.

한솔에게 아무런 용건이 없을 경우.

→ 술을 마시자고 애초에 말을 걸지 않는다. 술을 마시자고 애초에 말을 걸었어도 다른 직업을 댄다. 예를 들어 출장이 있는 영업직이라고 말한다.

한솔에게 용건이 있을 경우.

→ 뭘 좀 알아보고 있는데 말야. 오늘 여객 터미널에서 만난 여자 있지. 그 여자와 무슨 이야기 했는지 알 수 있을까라고 말하며 오만 원짜리 지폐를 테이블 위에 놓으며 담배를 피운다. 하지만 이제 식당은

금연 장소로 지정되었고 담배는 피울 수 없다.

　물론 모든 사람들이 소설 속 탐정처럼 철저한 직업의식을 가질 리가 없다. 그러고 보면 소설 속 탐정들도 자기 직업을 꼭 숨기는 것은 아니다. 상대방이 경찰인가요? 경찰 같은데라고 말하면 속으로 흠칫 놀라다 그와 비슷한 일을 하지요. 에이 뭔데요. 이것저것 조사하고 가끔 해결하는 일이요. 소설 속 탐정과 눈앞의 탐정의 공통점이라면 그럼에도 뭔가 위압감이 있다는 것과 목소리가 낮은 것과 싸움을 잘할 것 같다는 것이었다. 남자는 십몇 년 전부터 이 죽집 단골이라고, 이제 문 닫아야 하니 나가자고 했다. 남자는 한솔의 죽을 사주었고 포장마차에서 한 잔 더 하자고 했다. 남자는 일어서더니 약간 비틀거렸고 음 안 되겠네라고 바로 정신을 차리더니 교토에 오면 꼭 연락하라고 했다. 한솔과 남자는 골목에서 손을 흔들고 헤어졌다. 뒤돌아보았을 때 남자는

토하고 있었다. 토하는 탐정. 그래 그렇지만 그는
깔끔한 사람이다라고 생각했다. 한솔은 빠르게 마
신 술로 붉어진 얼굴을 하고 남포동까지 걸었다. 길
에는 기타를 치며 노래를 부르는 사람이 있었다. 이
사람은 내가 십 년 전에 처음 부산에 왔을 때도 이
자리에서 기타를 치고 있었다. 사실 노래는 별로 부
르지 않고 하모니카와 기타 연주만 계속했다. 노래
는 거의 부르지 않았다. 노래를 잘 못 부르는 걸까.
이제야 그런가 하는 생각이 들었다. 술을 마셔서인
가 이 사람에게 말을 걸어볼 수 있을 것 같다는 생각
이 들었지만 이 사람 눈에는 그냥 취한 사람일 것이
라는 생각이 들자 관둬야겠다고 마음을 바꿨다. 포
장마차에서 한잔 더 마실까 하다 잠시 비틀거리는
것을 느끼고는 아 오늘은 그만, 마치 컷이라고 슬레
이트를 치는 영화감독처럼 결정을 내린 아까 그 남
자처럼. 더 걷다가 술이 깨면 돌아가자 그렇게 결정
하고 좀 더 걸었다.

그렇게 한참 걷다 호텔로 돌아왔다. 거울에는 여전히 붉은 얼굴의 소년 같기도 청년 같기도 한 자신의 얼굴이 보였다. 내일 들고 갈 짐을 다시 한번 확인하고 왠지 웃음이 나와 웃으며 화장실로 가 옷을 급히 벗어 문밖으로 던지고 샤워기 아래에 섰다. 턱과 목과 손목의 뼈를 두드려보았다. 여기에 있는 것들 어디에 있는 사람 서 있는 나와 떠 있는 나를 생각했다. 나미는 며칠 후 오사카로 가는 바다 위에 떠 있겠지. 지금의 나와 같이 벗은 몸으로 문밖의 시끄러운 사람들을 뒤로하고 바다를 눈앞에 두고 있겠지 하는 생각을 했다. 한솔은 욕조의 마개를 막고 앉았다. 그렇게 어딘가로 흘러가고 있는 것들을 그것들만을 생각했다.

한솔은 고베로 가는 열차를 기다리며 주머니에 든 수첩을 폈다. 거기에는 비행기 안에서 쓴 짧은 메모가 있었다. '공항 리무진을 타며 센티멘털한 기분이 들었다. 왜까.' 여전히 F로 표시된 여권과 입국 확인서에 체크한 F를 볼 때는 잠깐 멈칫했지만 뭔가 이 장면이 머릿속에 사진처럼 찍혀 있는 기분이 들었는데 곧 다음 그리고 다음을 향해 할 일을 하고 있었다. 입국장의 직원은 마스크를 한 채 지루한 표정으로 검지손가락 두 개를 들어 보였다. 한솔은 언젠가 책에서 읽었던 재일 교포들의 지문날인 거부운동이 떠올랐다. 한솔은 아무런 거리낌이 없이, 없다는 듯이 지문을 입력하고 문을 통과했다. 며칠 전의 꿈들

'당신은……' 하고 묻던 질문들이 건조한 공항 안을 먼지처럼 떠다녔다. 공항을 나와 영우가 알려준 대로 열차를 타러 향했다. 왠지 모든 것이 좋았고 모든 것이 좋았다. 한솔은 문이 열린 열차 안으로 들어가 앉았다. 귀에 들리는 외국어를 음악처럼 들으며 할 수 있는 것들을 생각했다. 손에 든 수첩에 방금 떠오른 말을 썼다. '모든 것이 좋았다'고.

◈ 테사 모리스 - 스즈키, 『북한행 엑서더스』, 한철호 옮김, 책과함께, 2008, p. 91.
○ 같은 책 p. 102에서 정리.
✱ 같은 책 p. 345에서 정리.
♣ 로베르토 볼라뇨, 『2666』5, 송병선 옮김, 열린책들, 2013, pp. 1678~1679.
◆ 스탠리 카벨, 『눈에 비치는 세계』, 이두희 · 박진희 옮김, 이모션북스, 2014, p. 128.

코모도 호텔

　작년 연말 코모도 호텔에서 하루 묵었다. 코모도 호텔에서 하루 묵고 그다음 이틀은 다른 호텔에서 묵었다. 귀찮은 방식이었지만 그곳에서 한번 묵어보고 싶었고, 별로 바쁜 일도 없었다. 부산은 서울보다 따뜻해서 겨울이었지만 아주 추운 느낌은 아니었고 경사가 심한 골목을 돌고 돌아 호텔에 도착했을 때는 땀도 약간 났다. 방을 안내 받고 짐을 풀었다. 침대는 푹신했고 방 안에는 따뜻한 노란 빛이 은은하게 머물고 있었다. 입구에 서서 침대를 바라보았을 때 방 안을 채우던 노란 빛은 햇볕이었을까 조명이었을까. 따뜻한 색이었다. 방에서 잠깐 쉬다가 소설을 쓰려고 했다. 소설을 쓰려고 마음먹고 호텔에 가거나 여행을 가는 일은 거의 없었는데 작년 연말에는 그것을 이유로 부산에 갔다. 왜 여태 안 그랬나 생각해보면 그런 방식이 안 맞아서라기보다 여러 모로 그럴 여유가 없었던 것 같다. 아니 정말 여유가 없었던 걸까 다음에는 그것을 원한다면 선택해봐야겠다는 생각을 하면서 정말 내가 코모도 호텔에서 뭘 했더라 잠시 생각했다.

   침대 옆에는 낮은 테이블이 있었고 창으로는 멀리 부산 시내가 보였다. 호텔은 높은 지대에 있었고 걸어오려면 번거로웠지만 못 할 정도는 아니었다. 나는 호텔에 있는 포트로 호텔에서 주는 녹차 티백을 우려 마셨다. 가방에는 미리 챙겨온 인스턴트 커피가 있었지만 녹차를 마셨고 왜 어떤 호텔은 녹차를 주고 어떤 곳은 녹차와 커피를 주고 종종 홍차와 커피를 주는 곳도 있고 이전에는 콘소메 수프를 주는 곳도 있었는데 그건 무슨 기준인가, 알 수 없었다. 하지만 호텔이 나에게 무얼 마시라고 권하는가 늘 먼지만큼의 기대를 하게 되었다. 노트북을 테이블 위에 두고 쓰려고 마음먹은 것을 어떻게 시작할지 고민하다가 뭔가를 쓰기는 쓰다가 다시 침대로 돌아가고 조금 쓰고를 반복했다. 침대는 당연히 푹신했고 이대로 자고 싶다와 써야 한다는 생각을 반복했지만, 저녁엔 어디를 산책하면 좋겠지 이걸 먹어보면 좋겠지 하는 생각도 했다. 호텔 지하에는 수영장이 있었다. 가져온 수영복을 들고 지하로 가 샤워를 하고 수영을 했다. 수영장 창으로 쏟아지는 오후의 햇살을 본 것 같기도 하지만 지하 수영장에 어떻게 햇살이 들어오는 것일까? 수영장 벽 위로 창이 있었던 걸까 잠깐 생각하다가 수영을 하기는 했었다는 생각 다른 때가 아닌 지금 당장 수영을 하고 싶다는 생각 다시 코모도 호텔에 가고 싶다는 생각, 그렇다면 역시 그 수영장에 가고 싶다는 생각. 짧고 작은 수영장은 레인으로 구분이 되어 있었고 내 옆에는 아빠와 아들, 딸 셋이서 수영을 하는데 아빠는 아이들과 열심히 놀아주고 있었다. 이곳을 매일 같이 오는 사람들이 있을까. 이 작은 수영장에서 하지만 조용히 수영을 한다고 하면 그럭저럭 괜찮을 것도 같은 이곳을 언젠가 어떤 사람들은 주기적으로 다녔겠지 생각했다. 수영을 하면서 기분이 좋았고 물속에서 그런데 어떻게 이어나가야 할까, 이 시작은 괜찮은 것일까 미심쩍어 하면서 중간중간 저녁은 무얼 먹을까 생각했다. 지금은 기억 안 나는 어떤 노래도 속으로 여러 번 따라 불렀다. 이 노래는 제가 작사한 거예요 라고 멋있는 가사의 노래를 소개하는 상상을 했다. 한 시간이 못 되어 수영장을 나와 씻고 다시 방으로 돌아갔다.

텔레비전에서는 재미있는 것이 하지 않았고 다시 뜨거운 물을 부어 녹차를 마셨다. 호텔을 올라올 때 들른 백구당에서 산 팥이 들어간 파이를 우유와 먹었다. 이 빵에는 '팥이 들어간 파이'가 아니라 다른 이름이 있을 것이다. 기억은 잘 안 나지만 팥만쥬 같은 거 아닐까? 여섯 개인가가 들어간 이 빵을 처음엔 다 못 먹을 것 같아서 한두 개만 살 수 없냐고 했는데 이건 맛있는 빵이라고 금방 다 먹는다고 해서 다 못 먹고 버릴 생각으로 샀다. 그런데 먹자마자 맛있었고 소설을 쓰며 하나씩 먹어야겠다고 생각했다. 나는 그걸 먹으면서 맛있어서 등장인물에게도 먹였다. 내가 먹던 것을 너도 먹어. 그렇지만 뭔가 다르다는 생각도 든다. 이제 와서 나는 그걸 먹던 나조차 낯선 것이다. 나조차 낯설다기보다 오히려 내가 더 낯선 느낌이라고 해야 할까 아무튼 그렇다. 수영을 하고 소설을 좀 더 쓰다가 다른 식으로 돌파구를 찾아보려고 하다가 한 시간쯤 자고 일어나 저녁을 먹으러 나갔다. 코모도 호텔에서 큰 길까지 나가려면 수많은 골목들을 통과해야 했고 오래된 주택들과 일본풍으로 타일을 붙인 낮은 건물을 지나야 했다. 어쩐지 무언가 있잖아 이것 봐, 라고 내가 돌아보지는 않았지만 나의 이십 퍼센트 정도는 돌아볼 것 같은 그리하여 부르는 목소리와 돌아보는 사람은 각각 무언가를 보여주고 무언가를 보게 될 것이라는 그런 순간에 대해 반복해서 여러 번 생각하며 어두운 골목을 내려갔다.

저녁을 먹고 남포동을 걷다가 처음 본 카페에서 커

피를 마시고 돌아가서 뭔가를 더 쓰겠지 했지만 잠이 들고 다음 날이 돼서 보면 어떻게 읽힐까. 왠지 다음 날이 무섭기도 기대되기도 하면서 오늘을 어떻게 마무리 지을지 생각했다. 내가 말하지 않은 것들에 대해 손사래를 치며 괜찮다고 지나치는 것들에 대해 종종 그런 것이 이런 식으로 있다고 말할 필요는 없겠다는 생각이 든다. 그게 무슨 말이지? 내가 말을 하지 않겠다는 뜻이기도 하고 보지 않은 채로 가끔 생각을 하겠다는 뜻이기도 하다. 처음 호텔에 갔을 때보다 훨씬 능숙하게 걷기 편한 길을 찾아 걸으며 호텔로 돌아갔다. 밤의 호텔은 낮의 호텔만큼이나 눈에 띄는 모습을 하고 있었다. 불이 환한 중국의 절 같군요. 사진을 여러 장 찍었다. 긴 복도와 많은 방들을 지나 나의 방으로 돌아와 옷을 벗고 손을 씻고 반이 남은 빵을 먹고 우유를 마시고 녹차로 입을 정리했다. 얇은 벽을 타고 옆방의 소리가 들려오고 씻고 나와 음악을 들으며 침대에서 눈을 깜박이다가 나는 내일을 기다리겠다는 생각, 내일을 생생하게 기다리겠다는 생각을 다시 한번 했다.

아무튼 내일은 왔고 나는 팥이 든 파이 여섯 개인가를 삼 일 동안 다 먹었고 서울로 돌아가는 길에 비앤시에서 비슷한 빵을 사서 갔다. 그 외에도 여러 가지 것을 먹었고 등장인물들에게 여러 가지 것을 먹였다. 우리가 늘 같은 것을 먹은 것은 아니다. 하지만 뭔가를 먹인 어떤 얼굴들을 가끔 생각한다. 그리고 이 내일이 그 내일은 아니지만 잠이 무언가를 새롭게 해결해줄 것이라는 믿음은 여전하며 다른 내일을 기다리고 있음은 당연하다.

코모도 호텔에서 묵은 것은 2017년 연말이었는데 그때 나는 2018년에는 어떤 것들과 꼭 헤어지고 싶었고 다가올 새해가 나의 새 신분이 되어줄 것처럼 믿었다. 2018년 연말이 다가오는 지금 맘먹은 결별은 해내지 못했고 늘 내 생각과는 다른 오늘이 찾아왔다. 그게 늘 나쁜 것은 아니었다. 좋을 때도 있었고 정말 나쁠 때도 있었고 졸려서 아무 생각이 없을 때는 많았다. 눈앞의 일들을 해결하고 2018년이 어땠나 생각하려고 하는데. 연말을 또 호텔에서 묵으면 좋을 거야. 코모도 호텔에서 수영하며 속으로 노래를 부르면 좋을 거야. 아마 2019년도 새 신분이라 여기며 조심스럽고 벅찬 마음으로 다가가겠지. 새 신분은 더욱 분명하고 새로운 나를 제시해주겠지 분명 그렇게 여기게 되겠지 생각하니 졸리고 배가 고프다. 내일 맛있는 것을 먹을 것이다.

인터내셔널의 밤

1판 1쇄 발행 2018년 12월 12일
1판 3쇄 발행 2022년   2월 10일

지은이 박솔뫼
펴낸이 김영곤
펴낸곳 아르테

문학팀 장현주 임정우 김연수 원보람
디자인 석윤이
출판마케팅영업본부 본부장 민안기
마케팅2팀 나은경 정유진 이다솔 김경은 박보미
출판영업팀 김수현 이광호 최명열
제작팀 이영민 권경민

출판등록 2000년 5월 6일 제406-2003-061호
주소 (우 10881) 경기도 파주시 회동길 201(문발동)
대표전화 031-955-2100 팩스 031-955-2151

ISBN 978-89-509-7875-4 04810
        978-89-509-7879-2 (세트)